L'ÉPAISSEUR
D'UN CHEVEU

CLAIRE BEREST

L'ÉPAISSEUR D'UN CHEVEU

roman

ALBIN MICHEL

« L'amour prend patience ; l'amour rend service ; l'amour ne jalouse pas ; il ne se vante pas, ne se gonfle pas d'orgueil ; il ne fait rien d'inconvenant ; il ne cherche pas son intérêt ; il ne s'emporte pas ; il n'entretient pas de rancune ; il ne se réjouit pas de ce qui est injuste, mais il trouve sa joie dans ce qui est vrai ; il supporte tout, il fait confiance en tout, il espère tout, il endure tout. »

Première lettre aux Corinthiens
(1 Corinthiens 12,31-13,8a)

« You told me you love me
Why you leave me all alone
Now you tell me you need me
When you call me on the phone
Girl, I refuse
You must have me confused
with some other guy
The bridges were burned
Now it's your turn, to cry »

Justin Timberlake,
Scott Storch et Timothy Mosley,
Cry me a river

« La bascule dans le passage à l'acte criminel tient souvent à *l'épaisseur d'un cheveu*, selon la formule célèbre d'Étienne de Greeff. »

Daniel Zagury,
La Barbarie des hommes ordinaires

Deux tables

Quand Étienne Lechevallier s'indigna à part lui que le serveur du Petit Brazil le reluquât encore une fois d'un drôle d'air, nous étions lundi dernier aux alentours de dix-sept heures trente ; Étienne avait comblé sa matinée de corrections sur le manuscrit d'un auteur dont il poussait au paroxysme la joie mauvaise de détester le travail, il avait avalé vers treize heures une omelette, debout dans sa cuisine, accompagnée d'un morceau de roquefort, et à l'heure du café il était parti pédalant en direction du Petit Brazil l'humeur joviale, car une seconde journée débutait pour lui, dévolue à son projet personnel qu'il jouissait encore de tenir en toute clandestinité, habillant l'escapade d'un charme secret ; il était alors impossible d'imaginer que trois jours plus tard, dans la nuit de jeudi à vendredi, Étienne tuerait sa femme.

Est-il désappointé, ce serveur, que je n'aie bu qu'un café en trois heures ? se demanda Étienne. *On occupe l'espace donc on consomme*, avertissait un petit autocollant plaqué sur la vitre, et il privatisait deux tables pour lui tout seul. Il s'étalait, c'est vrai. Il avait son ordinateur portable ouvert devant lui et son carnet noir, un sac à dos volumineux sur une chaise – il ne souhaitait pas le poser par terre de peur de le salir –, son casque de vélo sur une autre, sa veste, des livres, ses clefs d'antivol, le téléphone ainsi qu'un magnétophone gris à cassettes, pour s'enregistrer.

Étienne préférait prendre deux tables ; plus qu'un périmètre il désirait se créer une atmosphère, c'était son droit. Ce qui était stérile dans le fait de lui en vouloir, s'insurgeait-il, c'est que la terrasse était vide à cette heure-ci, donc il ne voyait pas en quoi sa colonisation spatiale pouvait poser un problème pertinent au serveur. Il venait souvent ici, au Petit Brazil, depuis que son contrat avait été réduit à temps partiel, s'installant aux mêmes tables, les plus à gauche sous l'auvent, n'ayant informé personne de son Projet, pas même sa femme, Vive. Le serveur faisait pourtant mine de ne jamais le reconnaître. C'est qu'il ne m'aime pas, conclut Étienne avec un sentiment d'injustice. Mais il fut soudain traversé par l'hypothèse que le serveur ne le reconnaissait tout simplement pas parce que, au fond, rien ne saillait dans son physique.

Ce lundi soir, ils étaient invités au vernissage de l'exposition d'un artiste que Vive portait au pinacle.

Étienne s'en souvenait parfaitement, mais il sortit tout de même l'agenda papier rangé dans son sac à dos, pour voir se matérialiser avec netteté l'emploi de son temps consigné au stylo noir. Pour *vérifier*. Faire le vrai, au sens étymologique, confronter une réalité avec la preuve de son exactitude. Il avait bien écrit dans son agenda d'un cuir souple inusable malgré les années, qu'il conservait avec un soin religieux et rechargeait chaque mois de décembre d'une nouvelle tranche de feuillets calendaires vierges, il avait bien noté dans la colonne du jour : *exposition avec Vive.*

C'était Vive qui était invitée au vernissage. Elle aurait pu s'y rendre avec n'importe qui, mais elle demandait toujours à Étienne de l'accompagner, il était son mari. Quand il n'était pas disponible, parce qu'une date de rendu imminente approchait et qu'il devait travailler le soir, à de rares exceptions près elle restait avec lui. Elle regardait un film dans le salon, préparait un dîner rapide qu'Étienne avalait à son bureau. Ce renoncement plaisait à Étienne. Elle aurait à l'évidence pu sortir sans lui – même s'il y avait eu quelques fâcheries entre eux à ce sujet au début de leur relation, car Étienne préférait, il est vrai, qu'elle restât.

Oui, ce renoncement lui plaisait. Étienne aimait à se voir contre le reste du monde, en romantique – même s'il n'en portait aucun des oripeaux excentriques et tapageurs –, car toute sa vie s'était organisée dans le mouvement mystique d'être deux, tout s'était pensé dans l'accompagnement exclusif que sa femme et lui-même s'offraient l'un à l'autre – ils n'avaient pas d'enfant ;

et l'épreuve de cette pureté, qu'Étienne n'observait pas chez les couples de ses amis, se jouait à bas bruit, sans feux d'artifice, mais dans les subtilités, comme celle de renoncer à un petit plaisir, sans rancœur. Oui, *pureté*, le mot n'était pas trop fort, jugea-t-il, il était adéquat.

Vive, qui était photographe, épaississait avec les années un important carnet d'adresses de toute la vie artistique qui bruissait dans la capitale, ce qui profitait à l'association Nid des Arts pour laquelle elle avait été embauchée en trois quarts temps. Si elle n'avait plus rien exposé elle-même depuis huit ans, elle avait travaillé dans de nombreuses galeries, son nom était référencé dans son milieu, ce qui avait pour conséquence un flux incessant d'invitations à des événements éclectiques. Vive les triait avec ferveur, car à défaut d'en être *vraiment*, elle était conviée. Elle les classait, ses invitations, elle hiérarchisait, choisissait et, ce faisant, elle composait leur agenda commun. Sa femme aimait bien dire : « Alors notre agenda culturel cette semaine, chéri… » Elle l'appelait *chéri*. Qu'est-ce qu'Étienne haïssait ce mot ! Non pas « chéri », il ne haïssait pas le mot « chéri », c'était « culturel » qu'il haïssait. Ils l'avaient tous à la bouche, collé au palais, il avait l'impression qu'ils le chiquaient à même les gencives toute la journée : ils agissent *pour la culture* ;

ils fabriquent des partenariats et des passerelles *culturels*. Et leur *chèque culture* ! Mon Dieu, quel attelage, c'était le summum, s'énervait-il, comme si la culture s'apparentait à une monnaie. Vive, tout cela, c'était son écosystème. J'aime bien qu'elle m'appelle *chéri*, s'avoua-t-il, même si ce n'est pas très original.

Quand ils avaient commencé à se fréquenter, elle l'attifait d'une palanquée de surnoms absurdes, elle en changeait chaque jour, elle les essayait sur lui, comme un foulard ou un chapeau, pour voir s'ils lui seyaient, elle en abandonnait certains dans l'instant et en gardait d'autres quelques semaines, quelques mois, ils lui allaient bien. Ça s'était clarifié avec les années, ils s'étaient tous fondus en chéri, chéri le noyau, chéri la veste indémodable, sublimé par l'usure.

Le serveur lui demanda s'il désirait autre chose, alors que lui n'avait fait AUCUN signe. Il veut me forcer à recommander, pensa Étienne, agressé. *Je finis mon café*. Le serveur loucha sur la tasse dans laquelle il ne restait rien, pinça les lèvres et le laissa en paix. C'était ça qu'Étienne voulait, qu'on lui fichât la paix. C'est pour cette raison qu'il venait au bistrot, pour se concentrer sur son Projet. Aux éditions de l'Instant fou, il partageait un coin de table chèrement convoitée, en alternance avec trois autres collègues dans un espace ouvert à tous les vents, qui ne lui offrait aucune intimité ; chez lui il n'osait pas, il craignait qu'elle ne le démasquât, Vive. Elle aurait anticipé, avec son caractère enthousiaste et primesautier, ce que devrait être son Projet. Il n'avait pas envie qu'elle dénature cet envol en lui posant des questions.

Elle pourrait aussi se montrer indifférente, se dit-il, ce qui serait pire. Ne pas prendre conscience de la portée cruciale de ce qui naissait chez lui, s'essayer à des encouragements poussifs comme ceux que l'on prodigue à un enfant : *C'est bien, tu veux ranger ta chambre.*

Et alors, il aurait envie de la tuer.

Sa femme s'était habituée avec les années à le voir trimer à son bureau poussé dans le fond du salon, avec des livres en hautes piles, des stylos épinglés tout droit dans des pots, et elle savait qu'il travaillait. Elle savait qu'il *corrigeait*. C'est ce qu'Étienne faisait, chaque jour, depuis presque aussi longtemps qu'ils vivaient ensemble, il était correcteur pour les éditions de l'Instant fou. Un des derniers salariés d'une maison dans son secteur d'activité ! Le reste des troupes était à son compte, les impératifs budgétaires de l'édition avaient guillotiné les têtes des correcteurs, tous devenus auto-entrepreneurs. Et depuis 2016 : micro-entrepreneurs ! Des êtres aux micro-aspirations, avec de micro-bras et micro-cœurs, avaient tranché d'invisibles scribes de la loi Pinel. C'étaient des mots qu'il voyait tout en vert. Un vert olive. La couleur verte abjecte qui surgissait de ce salmigondis, *micro-entrepreneur*, était inouïe pour Étienne, qui était affecté par la couleur des mots, souffrant de synesthésie, les lettres et leurs associations lui parvenaient par intermittence violemment colorées ou se déployant sous des formes animées. Lui était fier d'être resté salarié, d'avoir résisté. Il ne l'aurait pas formulé à voix haute. Il traînait malgré son cartésianisme un trivial penchant pour la superstition. Depuis que les éditions de l'IF avaient été achetées par un grand groupe, les rumeurs malignes de *nouveaux aménagements* suintaient sans arrêt des couloirs. Mais il appartenait à l'ancienne école, s'affirmait Étienne, celle qu'on ne déboulonne pas avec facilité. Il avait son bout de bureau et son salaire mensuel, il les garderait. Étienne se voyait en artiste de l'ombre qui surpique les coutures, qui polit le métal grossier, et il défendait le caractère indispensable de son métier. Ils peuvent bien me passer à temps partiel, mais ils ne pourront pas m'anéantir, s'apaisait-il.

Vive ne lui posait pas de questions en le voyant travailler à sa table planquée au fond du salon, elle ne remarquait que son activité coutumière, sans rien en dire. Quand on vit à deux, on constate. Il travaille. Il se douche. Il essuie la vaisselle. Il lit. Il parle au téléphone, il occupe les toilettes. On note en passant ce à quoi l'autre s'emploie. Sans émotion inédite. C'est une image fugitive qui ne s'étoile pas, qui ne se réfléchit qu'à peine sur la pupille et n'allume ni fantasmes ni excitation. De gêne, non plus. Je ne l'excite pas en lavant la vaisselle, pensait Étienne, je ne la gêne pas en me coupant les ongles de pieds. C'est normal, non ?

Je pourrais être en train de créer mon Grand Projet, elle ne le devinerait pas, s'était-il dit. Et cela, confusément, l'agaça. Il en voulait par avance à Vive d'être incapable de l'envisager sous une autre perspective, de ne pas prendre la mesure de ce qu'il entreprenait, voire de ne pas lui souhaiter le succès qu'il mériterait !

Il avait donc délocalisé son Projet ailleurs. Étienne aimait bien Le Petit Brazil parce que c'était un troquet banal, sans envergure mais sans inconfort, qui n'offrait plus rien de brésilien, sauf un maillot de foot jaune et vert qui prenait la poussière dans une vitrine, vestige sans doute d'un ancien propriétaire. Il avait besoin de discrétion et non de grandiose pour faire sa mue ; parfois il poussait jusqu'à la bibliothèque municipale, calme et avenante, l'inconvénient était qu'il devait pédaler presque une demi-heure de plus et changer de quartier, car il était hors de question d'aller à la médiathèque Simone-de-Beauvoir proche de chez eux, dans laquelle Vive travaillait quelques heures par semaine pour compléter son trois quarts temps au Nid – un autre désagrément était que, pour autant que ce paysage de longues tables propres et de rangées de livres soigneusement étiquetés le plongeait dans un idéal, il lui rappelait ses études, ce qui n'était pas un excellent souvenir.

Vive, elle, en gardait de bons souvenirs, de la fac, ça,

elle ne manquait pas une occasion de les évoquer. Elle avait fait histoire de l'art à Nanterre puis avait intégré l'école Spéos à Paris pour étudier la photographie, elle avait même effectué un semestre à Londres ; elle s'était bien amusée, elle s'était *éclatée*, c'était le terme exact qu'elle employait pour fixer son cliché de nostalgie estudiantine. Étienne ne pouvait que la croire sur parole, ne l'ayant pas côtoyée dans cette période de leur vie. Un mémorable amusement, c'est donc ce qu'il avait saisi de ces récits que l'on tricote à l'autre quand on se rencontre. Les incontournables anecdotes portant sur toute cette vie antérieure où l'on ne se connaissait pas, toujours un peu choqué que cette personne qui devient l'unique ne sût pas absolument tout de nous. C'est ça l'autre au fond, beaucoup d'histoires racontées après coup. Même celles que l'on vit ensemble, on se les raconte après coup. D'ailleurs on finit par se les réciter, et on peaufine les détails à force, on retranche, on ajoute ; on fait briller, comme moi, pensa Étienne, quand je corrige.

Étienne ne se l'était pas avoué sur le moment, mais lui avait souffert à l'université, et il avait mis du temps à circonscrire les contours de son mal-être.

Il avait souffert de ne pas être le gars *au courant*.

Il n'était pas informé qu'un cours changeait ou qu'un professeur était absent, il n'était pas prévenu qu'une fête se tenait chez Alexandre – les fêtes avaient toujours lieu chez Alexandre car il jouissait d'un grand appartement de famille déserté où personne n'irait remarquer les trous laissés dans le tapis par les mégots mal éteints – ni qu'on se retrouvait pour une bière au Reflet, ou à L'Écritoire pour un café après le cours de littérature comparée, il ne savait jamais qu'un bouquin crucial était recommandé pour l'examen de grammaire, qu'il y avait une exposition à ne pas rater à la maison de Victor Hugo ou que *La Femme d'à côté* de François Truffaut repassait au Champo,

et n'arrivait même pas jusqu'à lui le caquetage indiscret que Laëtitia et Julie couchaient toutes deux avec le prof de TD de littérature médiévale, en alternance, et parfois en même temps.

Il lui avait semblé être, avec cette pointe de douleur aiguë clouée dans son sternum, toujours le dernier à *savoir*. Comme si le fleuve gai et furieux de la vie embarquait tous et toutes dans sa bouillonnante fureur et ne faisait que ruisseler jusqu'à lui ; qu'il ne gouttait qu'à peine jusqu'à lui par inadvertance pour *éclabous-souiller* son existence trop pâle. Il ne se sentait même pas exclu, cela aurait eu au moins l'éclat d'une position, cela aurait nourri le terreau d'une révolte, non, l'attention de ses condisciples le traversait. Sa présence se trouvait être sans nécessité. Les gens n'avaient rien contre lui ; les informations finissaient par lui parvenir, parfois juste à temps, parfois juste trop tard. Sans malice, ni cruauté, les autres ne pensaient pas à prévenir Étienne Lechevallier.

Il n'était pas plus laid qu'un autre, il s'entretenait, il essayait toujours d'être conciliant dans ses interactions, de rendre service s'il pouvait. Il ne se trouvait déjà à l'époque pas dépourvu d'humour ou d'esprit, même s'il avait toujours été timide. Il n'avait jamais compris.

Étienne ferma son carnet et fit signe au serveur du Petit Brazil pour payer son café, ce dernier opina sans bouder son plaisir de le voir lever le camp,

mais pourquoi est-il si heureux que je m'en aille ?! Je suis un client aussi valable qu'un autre, non ? Et je n'ai pas beaucoup avancé sur mon Projet cet après-midi, se dit Étienne avec une profuse angoisse, songeant à ce temps précieux volé à des manuscrits en attente, ces heures chèrement gagnées qui n'avaient pas été tellement productives. Il s'était bien essayé à jeter des idées en vrac sur son carnet noir, mais il avait laissé son esprit vagabonder vers ses souvenirs, ces heures postprandiales le plongeaient-elles dans une torpeur dommageable ? Peut-être que le café n'était pas l'endroit ad hoc, il ne s'y concentrait pas bien, il se perdait. Peut-être était-il trop excité ? Trop grisé de s'affranchir enfin de son quotidien et de s'adonner à une activité cachée. Ça n'avançait pas parce qu'il aurait fallu qu'il trouve le bon moment et le lieu parfait, propice à la création, le décor inspirant duquel les rêvasseries seraient proscrites. Il avait hâte, tout de même, de pouvoir montrer quelque chose à Vive ! De la mettre au parfum, pour qu'elle voie ce dont il était capable ! Mais il n'y avait rien encore à présenter, tout tenait quelque part dans sa tête. Homme réduit à un seul labeur : il en avait tant corrigé de manuscrits. Textes cochonnés, truffés d'écueils, de platitudes, parsemés d'erreurs et de maladresses, il avait tant redressé, nettoyé, démantelé, purifié. Ils pensent tous que je suis invisible, s'énerva Étienne, que je suis un factotum qui ne sortira jamais des coulisses. Ils verront.

Le serveur lui rendit sa monnaie, la posa dans une soucoupe, et ne dit RIEN d'amical, ni bonne journée ni à bientôt, ce qui amplifia la colère d'Étienne. Peut-être pense-t-il que je suis désœuvré, que je traîne au café comme un oisif ou un parasite ? Pour se calmer, il respira avec profondeur et tenta de récapituler sa journée étape par étape, ça l'aidait toujours de jalonner la réalité tangible de son existence : levé tôt comme à son habitude, il avait ce matin corrigé près de trente-cinq pages du manuscrit en cours, ce qui était un bon rendement car il était à la peine (il avait très mal dormi la nuit dernière, une insomnie l'avait tenu éveillé une partie de celle-ci pour ne le laisser se rendormir, d'un sommeil triste, que peu de temps avant le réveil) ; à l'heure du déjeuner il avait trouvé le temps d'expédier en recommandé deux lettres de contestation (il prenait du temps sur ses loisirs pour signaler les erreurs systématiques qu'il relevait dans les revues ou à la radio, il fallait bien que quelqu'un s'en charge) et de passer déposer ses pantalons chez le retoucheur (il avait maigri ces derniers temps, ce qui lui donnait un air mal fagoté, avec ses pantalons devenus flottants) ; et bien qu'éprouvé par son insomnie, il s'était ménagé de longues heures pour se concentrer sur son Projet cet après-midi,

et il allait à présent rentrer se préparer pour le vernissage où il rejoindrait Vive, c'était dans le XIe arrondissement à dix-neuf heures trente… d'un coup lui échappait le nom de l'artiste ; mais comment s'appelait-il déjà ? Il l'avait sur le bout de la langue, Vive l'adorait. C'était bizarre que ça ne lui revienne pas, il ne connaissait que lui ! Un nom à coucher dehors.

Il enleva l'antivol de son vélo, serra la sangle du casque, mit les pinces aux ourlets de son pantalon et, pris dans ces cheminements de pensées saugrenues qu'une certaine agitation nerveuse amplifie, il se dit qu'après tout, peut-être l'excitait-il quand même, sa femme, quand il lavait la vaisselle ? Vive était portée sur la chose.

Et Étienne de s'interroger quand il s'éloigna du Petit Brazil en pédalant à vive allure, sur sa présence érotique au monde.

Germinal Lefrey

Sigmar Polke. Bien sûr ! s'exclama Étienne quand il rejoignit en début de soirée sa femme au vernissage. Comment avait-il pu oublier ce nom ? Sigmar Polke. Cet Allemand qui faisait des mélis-mélos de papiers, de collages de photos, de voiles et de matières organiques ; il traînait chez eux au moins quatre ou cinq livres de ce photographe, Vive était intarissable à son sujet… Sa mémoire se jouait de lui, c'était peut-être parce qu'il dormait mal. Il y avait même l'affiche d'une de ses expositions dans leurs toilettes, il chiait devant le nom de ce type tous les jours.

Cela dit il était un peu constipé ces derniers temps, il éprouvait des difficultés à se soulager. Il ne faisait que pisser, alors c'est vrai que ça faisait quelques jours qu'il lui tournait le dos, à l'affiche de Sigmar Polke. Peut-être devrait-il uriner en position assise, songea Étienne, il avait survolé quelque chose à ce sujet, un article qui en soulignait les vertus sanitaires. Mais une part de lui protestait de pisser comme une femme.

Ils venaient tout juste de sortir du vernissage, qui s'était révélé une fournaise doublée d'une ruche, et ils s'évertuaient à trouver un bar où s'échouer pour décortiquer l'événement et *manger une assiette*, comme avait lancé Vincent, l'ami de Vive qui s'était joint à eux ce soir-là, tout plein de sa gaieté mondaine. *On ne se mangerait pas une petite assiette sur le pouce ?*

Étienne avait eu envie de le moucher : Il y a peu de chances que tu parviennes à manger une assiette, à l'inverse de son contenu. Mais il s'était abstenu, parce qu'il ne pensait pas que Vincent aurait ri à sa boutade. Vincent lui aurait peut-être répondu avec un rictus de bouche, pincé et méditatif : Ben, Étienne, c'est comme *boire un verre*, non ? Oui, c'était comme *boire un verre*, c'était une figure de style ; une métonymie, très exactement ; et Vincent n'aurait pas compris que l'agacement d'Étienne le poussait à faire une remarque qu'il espérait caustique, et qui peut-être ne l'était pas assez, en tout cas, dont son interlocuteur ne partageait pas la même communauté de signes.

Étienne se dit qu'il devait briser là, dire à Vive qu'il les laissait entre eux, je prends mon vélo et je t'attends à la maison, je suis fatigué. On n'a pas *besoin* de manger au restaurant et de dépenser de l'argent. Il aurait voulu lui dire, avec un air inspiré, qu'il avait la tête dans son Projet, qu'il était préoccupé, n'était pas d'humeur sociable, et faire naître chez elle un frisson d'admiration, mais Vive ne connaissait pas l'existence du Projet. Vive allait le retenir, en soulignant que c'était trop bête qu'il rentre, il était encore tôt, elle dirait *Night is young !*, parce que c'était un de ses tics de langage, Vive massacrait régulièrement la langue en y introduisant des expressions anglaises comme si elle n'avait pas SU dire la même chose en français, elle était parfaitement au courant que ça crispait Étienne, et quand il en faisait mention, elle répondait en général du timbre aigu de sa voix toujours emportée : Toi qui aimes tant Verlaine, lui-même utilisait des mots anglais dans ses poèmes, parce qu'il était libre ! Étienne ne voyait là aucun rapport avec la liberté.

Il était certes encore tôt, mais demain c'était mardi, et le mardi ils avaient concert, Vive et lui – comme tous les mardis ; c'était sacré, il ne fallait pas qu'ils se gâchent leur soirée musicale en poussant déjà vers l'excès dès le début de semaine. C'était Gustav Mahler qui était prévu, il n'avait pas besoin de vérifier sur le programme de l'abonnement, il le connaissait par cœur. L'abondance d'invitations à des vernissages que Vive classait dans la catégorie *à ne pas manquer* obligeait par ricochet Étienne à avoir une vie nocturne un peu trop agitée à son goût. Il n'était pas un bonnet de nuit, mais il aimait sa solitude (il entendait par là une solitude dans laquelle il dissolvait Vive ; Étienne pouvait goûter d'être seul en étant avec elle, ce qu'il appréciait au plus haut point) ; car les heures vespérales passées à l'abri du monde extérieur amplifiaient chez lui un sentiment de puissance, l'angoisse de la journée s'évanouissait le soir venu, l'étreinte de son costume se desserrait et offrait un îlot de calme à son esprit, loin des regards, il semblait alors à Étienne être en contrôle de sa vie. Et quand bien même il donnait le change, il gardait une nette terreur des mondanités. Étienne buvait très peu. Il n'avait jamais vraiment bu, même à l'adolescence dans le dos de sa mère, à l'âge où les jeunes gens s'exaltent à ruiner les limites. Mais elle… Vive… Vive aimait bien s'enquiller un petit vin blanc, un petit vin rouge, une coupe de champagne, un gin tonic, elle aimait s'arsouiller en papotant comme si le monde attendait d'être recouvert du torrent de sa parole ivre, se dit-il avec une méchanceté qu'il savait gratuite.

Quand ils étaient tous les deux, elle se freinait. Elle s'adaptait avec intelligence au rythme de croisière d'Étienne. Mais dès qu'ils étaient avec des amis, elle se rattrapait. Elle commandait des bouteilles, elle anticipait les tournées comme elle aurait noirci un carnet de bal. Il avait aimé ça, quand il l'avait rencontrée, son petit côté Madame picole. Ça ne l'avait pas rebuté, au contraire. Quand ils allaient au restaurant, elle empoignait la carte des vins d'un geste d'attaque, passait en revue les vignobles et choisissait sans hésitation, avec l'enthousiasme d'un général lançant l'assaut ; on va prendre une bouteille de… ! Toujours une bouteille d'entrée de jeu. Dès leur premier rendez-vous. Ça avait prêté à Étienne une vie qu'il n'avait pas.

Elle avait mis un peu de temps à s'apercevoir que, de la mort des bouteilles, il ne participait qu'à la marge. Ça n'avait qu'à peine douché ses emportements. Étienne n'avait rien contre, mais il supportait mal l'alcool. Il avait pris une cuite à quinze ans, la première et dernière, et il était tombé du toit du garage d'un garçon de sa classe qui s'appelait Germinal Lefrey. C'était un prénom qu'on retenait, *Germinal.* Mais il est vrai qu'il se souvenait avec une extraordinaire acuité des prénoms et noms de famille d'enfants avec qui il avait partagé les bancs de l'école. Qu'y a-t-il dans la musicalité de ces noms gelés de l'enfance pour qu'ils s'agrippent ainsi en nous quand nos souvenirs éclipsent tant d'autres ramifications ?

En sortant de l'exposition de Sigmar Polke, Étienne Lechevallier avait donc avisé sa femme, en se composant un air ennuyé, qu'il préférait rentrer tout de suite et ne pas les accompagner pour *manger une assiette.*

Ni Vive ni Vincent ne l'avaient retenu.

Il avait alors fait remarquer à Vive que le lendemain ils avaient concert, si elle l'avait oublié. Vive avait alors ri en précisant à Vincent, sans le regarder lui, qu'elle ne risquait pas d'oublier parce qu'ils allaient au concert tous les mardis. Puis en se retournant vers Étienne, elle avait dit en baissant d'un ton : Je ne suis pas vraiment sûre de pouvoir venir avec toi demain, on en parle plus tard. Et Étienne, choqué par cette possible défection, s'était senti les jambes coupées ; alors il était resté avec Vincent et Vive. Ils avaient marché jusqu'à un bistrot très éclairé qui vantait ses salades copieuses et ses desserts sans gluten, Vive avait commandé avec ardeur une bouteille de vouvray, ils s'étaient tous trois perchés sur des tabourets peu confortables, et Étienne avait entrepris de *manger son assiette* après le vernissage de Sigmar Polke, ce lundi soir.

La conversation nourrie par Vincent et Vive se passait de ses interventions. Étienne les écoutait distraitement évoquer chaque œuvre vue ce soir et chaque connaissance qu'ils avaient croisée, puis il n'écouta plus que de loin leur bavardage ricocher sur d'autres expositions que l'un et l'autre projetaient de voir et dériver dans une longue digression à propos du dernier film de Ruben Östlund, sur lequel leurs sentiments divergeaient. Puis s'invita le sujet assommant des vacances d'été qui approchaient, où chacun s'enquérait des projets de l'autre. Et que fais-tu en juillet ? Vincent irait à Arles pour les Rencontres de la photographie, Vive lui apprit qu'elle n'y était encore jamais allée. Comment ?! s'exclama Vincent d'une voix à l'indignation accentuée, toi, tu n'y es jamais allée ! Mais c'est insensé ! Tu adorerais, insistait-il, quand Vive lui fit une réponse qui sortit enfin Étienne de son ennui torpide : J'aimerais bien aller à Arles, mais on doit tous les étés aller en Italie.

Étienne s'empourpra, parce que le ton plaintif de Vive ainsi que le choix appuyé du verbe de modalité *devoir* le giflèrent. En essayant de ne pas paraître trop blessé devant Vincent, il reconnut que oui, ils allaient tous les ans en Italie, mais premièrement, ils visitaient sans cesse des villes différentes, et surtout, cela symbolisait un pacte amoureux entre eux, fit-il remarquer, aussitôt gêné d'être poussé à se dévoiler ainsi face à un tiers. Enfin, l'Italie n'empêchait pas Arles si Vive le désirait,

– Je me fous d'aller à Arles, Étienne, ce dont j'ai envie c'est de ne pas FORCÉMENT aller en Italie sans me poser de questions, chaque année comme un diktat.

– Très bien, où veux-tu aller alors ? Je t'écoute.

– Tu ne comprends pas.

– Si, je comprends.

– Je veux aller AUTRE PART qu'en Italie, parfois. Tiens, en Grèce par exemple, sur une île.

– Une île grecque ?! Mykonos, ça te plairait ? On peut aussi aller directement à Ibiza si tu veux, faire la tournée des boîtes de nuit en prenant de l'ecstasy, ça nous changera de la galerie des Offices.

– Plus personne ne dit *ecstasy*, Étienne.

Vu que le ton s'envenimait, Vincent coupa court pour constater que Vive avait changé de coiffure, en s'extasiant que cela lui allait TRÈS bien. Elle sourit en chignant, méchante, qu'Étienne, lui, ne l'avait même pas remarqué.

Étienne avait alors regardé sa femme. Vraiment regardé, en sondant sa chevelure. Ce visage connu comme sa propre peau, comme l'odeur de son sommeil. Qu'est-ce qui avait changé ? Il resta coi. Mal à l'aise. Il ne discernait aucune différence. Vincent les taquina sur les vieux couples qui ne se *voyaient* plus. Mais qu'en savait-il, lui ?! Vincent enchaînait des histoires de cœur, plus ou moins notables ou grotesques, dont l'écume mousseuse parvenait à Étienne parce que Vive était bavarde et qu'elle aimait, avec la régularité d'un métronome, à lui donner des *nouvelles des autres*, sans qu'il ne demandât rien. Les histoires de Vincent ne s'éternisaient jamais, il sortait avec des femmes plus jeunes et des hommes de son âge, passant d'une application de rencontre à une autre avec l'agilité d'un jeune chat sautant de muret en muret, appréciant beaucoup d'en parler, de brocanter son petit avis progressiste sur les mérites de sa bisexualité. Il théorisait en philosophe sur les affres de ses désirs sans envergure, Étienne n'en pensait ni bien ni mal, ça ne l'intéressait tout simplement pas ; mais ce qu'il savait c'est que Vincent aurait été bien en peine de parler avec perspicacité de la coupe de cheveux de ses aventures d'un soir. Qu'est-ce que l'on comprend de l'amour, si l'on n'en connaît pas la durée ?

Si l'on N'ENDURE pas ?!

Étienne tenta de maîtriser la colère diffuse qu'il sentait percer en lui ce soir-là depuis le premier pied qu'il avait posé dans cette galerie d'exposition prétentieuse, il se concentra pour garder un flegme apparent, et finit par dire que bien sûr que si, il avait remarqué la nouvelle coiffure de sa femme, mais qu'il n'avait rien dit par galanterie, pour ne pas sous-entendre qu'elle était mieux qu'avant, parce que lui la trouvait belle tout le temps, enfin quelque chose de cet acabit. Vive fuit son regard, Vincent tenta d'alléger l'atmosphère, il sortit sa carte bleue et lança d'un ton très détendu *C'est pour moi, je vous invite ! On se prend quand même un dernier verre ?*

Étienne avait envie de le choper par le col et de lui hurler *Arrête de nous inviter à chaque fois que l'on se voit, connard, je peux inviter ma femme, je n'ai pas besoin de ta charité !* Mais il prit sur lui, avalant l'humiliation que Vincent paye, sans protester. Il respira, força un sourire fade et articula *Allez, un dernier alors*, et se convainquit qu'il appréciait Vincent au fond. Il faisait partie intégrante de leur décor, comme un témoin rassurant de leur couple. Il était déjà là quand Étienne avait rencontré Vive presque dix ans auparavant.

Point d'exclamation

Dix ans plus tôt, Vive avait invité Étienne à la retrouver dans un bar du XIXe arrondissement où elle exposait ses photographies. Elle organisait cette soirée sans prétention, une petite démonstration chaleureuse. Le patron du café était un cousin de son ami Vincent si son souvenir était correct, en tout cas, une accointance, qui avait volontiers prêté ses murs pour que Vive y expose son travail gracieusement. Vive avait invité des copains, tous ses copains, et envoyé des messages à quelques personnes du milieu, une poignée de journalistes, bouteilles à la mer, rêve éveillé d'un alignement favorable des planètes, que quelqu'un trébuche par hasard sur son génie.

Les photos n'étaient pas géniales.

Mais pas si mal, en réalité. Étienne avait été assez épaté, oui. Saisi. C'était une série de portraits de vieilles dames lisant dans les transports en commun. Ni plus ni moins, des vieilles biques qui lisaient dans les transports publics ; c'était le sujet de Vive. D'où cela lui était-il venu ? s'était demandé Étienne, et surtout : Qui est-ce que cela intéressait ? Elle n'était pas Diane Arbus, ni Lee Miller qui s'était prise en photo plongée dans la baignoire d'Hitler en 1945. Il en était là de ses réflexions quand, en longeant les murs dans leur ordre naturel, avec concentration, dans une volonté opiniâtre de tout bien regarder, il fut ému. On se prenait au jeu de scruter ces vieilles pommes ridées, leurs mains comme des serres d'oiseaux, qui tenaient fort les bouquins, avec raideur, avec urgence ; sur certaines photos les femmes flottaient en équilibre précaire dans la foule d'un bus ou d'un métro, sur d'autres elles étaient assises, toutes tassées, paquets de linge recroquevillés ; on se piquait de décrypter le titre du roman qui les occupait, d'évaluer à quel endroit du livre elles étaient parvenues, quel type de virgules formaient leurs sourcils, et avec leur regard mi-clos, absent au reste, loin dans leur lecture, loin en elle-même,

elles semblaient jeunes.

Ce fut sa première vraie rencontre avec Vive adulte ; car, tous deux, ils s'étaient connus enfants. Leurs parents s'étaient côtoyés, enfin les parents de Vive avaient fréquenté sa mère à lui, au hasard d'une même bande d'amis ; par extension, Vive et lui avaient été réunis le temps de quelques week-ends. Âgés d'une dizaine d'années, ils avaient constitué le corps du même groupe charivarique d'enfants abouchés le temps de la fête des adultes ; laissés à vivre entre eux, à s'ébrouer dans leurs jeux à l'horizon, points mouvants à la limite lointaine du regard parental. Elle, on ne l'appelait pas Vive alors, mais par son vrai prénom, Violette.

Quand ils furent rendus à l'adolescence, est-ce que leurs parents sortaient moins ? Car ces anarchiques et joyeux rassemblements s'espacèrent. Ou bien les enfants n'en étaient plus, devenus plus grands et autonomes, et donc absents. Occupés ailleurs. Étienne et Violette ne s'étaient plus recroisés.

Deux décennies avaient passé quand Étienne reçut un message de celle dont il se souvenait comme d'une fillette blonde assez amusante, et casse-cou d'avoir grandi entourée de frères, c'était un message privé sur le fameux Réseau social qui commençait à s'inviter dans toutes les conversations ; il venait fraîchement de créer un profil, lui aussi, il voulait en être. C'était son tout premier message – il se souvenait avec netteté de cette étrange excitation à recevoir un signe surgi de nulle part – il ne sut pas d'abord qui était cette *Vive* qui lui envoyait un mot. Elle avait écrit quelque chose d'effarant comme :

Salut Étienne ! C'est fou de pouvoir retrouver des gens aussi facilement ! Alors je me lance ! Te souviens-tu de ces quelques jours avec nos parents à Saint-Jean-de-Luz ? On devait avoir onze, douze ans… On s'était tous retrouvés barbouillés de suie, avec le jeu des assiettes dans la cheminée ! On avait bien ri. Et nous nous baignions dans cette mare pleine d'énormes crapauds au fond du jardin de la maison… Leurs coassements étaient sinistres, on aurait dit des bruits de nouveau-né. Hahaha. Tu te souviens ? Je suis Violette, la fille des Jonquier. J'ai un sacré souvenir de ta mère, comment va-t-elle ? C'était un personnage… Et un bon souvenir de toi ! Voilà, je tente d'atteindre ton rivage avec les nouvelles communications modernes ! Si par hasard tu es libre jeudi prochain, j'expose quelques photos (en toute modestie !!), dans un bar sympa, appelé La Grande Lessive *dans le XIX*e*. C'est surtout pour boire des verres et manger des chips, hein. Pas d'inquiétude ! Mais si ça te dit, ce serait amusant de se recroiser ! Non ? Peut-être n'habites-tu plus à Paris ? En tout cas, baisers à toi, j'espère que tout va bien dans ta vie. P.-S. : Plus personne ne m'appelle Violette depuis longtemps, mais juste Vive.*

Absolument rien n'allait dans ce message. Elle n'avait pas dû se relire. Étienne était consterné. Et sa mère était morte depuis, mais Violette ne pouvait pas le savoir.

Il était consterné et aguiché. Troublé.

Mais qui donc utilisait autant de points d'exclamation, Dieu tout-puissant ? Qui invitait avec cette facilité quelqu'un perdu de vue depuis vingt ans pour montrer ses photographies ? Tout lui paraissait inouï dans cette démarche. Mais vivant.

Tellement vivante, Vive.

Il ne se souvenait pas de cette mare aux crapauds, mais des visages noircis, oui, bien sûr. Un des enfants avec lesquels ils partageaient leurs journées les avait conduits un soir dans une pièce aux volets hermétiquement clos et à la lumière éteinte. Il était le plus grand et entraînait la troupe avec une naturelle autorité. Sur la promesse d'un jeu magique, il les avait fait asseoir par terre à l'aveugle et leur avait indiqué qu'en tâtonnant ils trouveraient une pile d'assiettes. Chacun devait s'emparer de l'une d'elles, puis passer sa main dans l'assiette, comme pour la caresser. Ensuite le chef leur posa des questions assorties de consignes : s'ils avaient déjà menti dans leur vie, ils devaient se dessiner avec leur index une croix sur le front, s'ils n'avaient jamais menti, un rond ; s'ils avaient déjà trahi dans leur vie, une croix sur la joue droite, sinon un rond, ou un carré ; s'ils avaient déjà embrassé quelqu'un avec la langue, une croix sur la joue gauche, sinon un carré… Tout le monde ricanait d'obéir ou non dans le noir à des règles absurdes, quelque peu excité par ces histoires de langues dans les bouches ;

enfin le meneur de jeu, d'une voix devenue grave, annonça : C'est l'heure du jugement, et il fit la lumière. Là, stupeur collective. Chacun se découvrit le visage barbouillé de noir, une bande de charbonniers. Les assiettes avaient été, au préalable, passées à la suie grâce au feu de cheminée dans le salon, cette suie volatile et indécelable qui recouvrait maintenant leurs faces. Passé le premier étonnement et la contagion des fous rires, chacun de commenter ceux qui avaient bien fait des ronds, des croix, ou des carrés, et ce que cela révélait !

Oui, Étienne se souvenait avec un luxe d'images vibrantes de cet épisode d'enfance, de leur visage passé au noir sur une mystification et du bleu de ses yeux à elle qui ressortaient comme des lunes chaudes. C'était un temps si ancien, une vie antérieure, une carte postale envoyée en contre-jour.

Elle ne s'appelait plus Violette.

Étienne n'avait rien de prévu ce jeudi soir-là où se tiendrait l'exposition *en toute modestie* de Violette-Vive. Il ne lui avait pas répondu sur la messagerie du Réseau social, mais à la date il avait noté avec une fausse nonchalance dans son agenda papier en cuir souple : *V*, ça sonnait comme un mystère désirable. Il se promettait de ne surtout pas s'y rendre, avec un mépris qu'il forçait, quelqu'un qui envoyait ce genre de message n'était pas son style.

Il notait, au cas où.

Quand le réveil avait sonné ledit jeudi à six heures quarante-cinq, il s'était levé pour allumer la cafetière d'abord puis prendre sa douche, ce matin-là il était… difficile de trouver le terme juste… Il était guilleret. Un état *guilleret* qui ne lui était pas coutumier, et même s'il n'aimait pas bien cet adjectif, force était de reconnaître qu'il convenait pour décrire son sentiment. On aurait dit le nom d'un oiseau. On imaginait aisément une personne s'étonner : « Mais regarde, il y a beaucoup de guillerets dans ce parc ! » Ses pensées s'embrouillaient. Il se concentra sur le souvenir : il était guilleret en allumant la cafetière pour qu'elle fasse son office le temps de ses ablutions, il se sentait léger et il ne savait pas pourquoi. Dans la journée un collègue lui avait demandé en passant ce qu'il prévoyait pour le week-end, ils étaient coincés ensemble aux lavabos pour hommes, gêne infime mais tangible pour Étienne de celui qui se sait être en train de se laver les mains parce qu'il vient tout juste de manipuler son pénis, Étienne était bien élevé, il avait donc accueilli l'insignifiante conversation pour meubler, et c'était sorti d'un coup : « Je ne sais pas encore pour ce week-end, mais ce soir on m'a invité à une exposition de photos. » Dans sa bouche, il sentit un goût acidulé de point d'exclamation. Et il jubilait d'avoir été invité par une femme presque inconnue et de pouvoir le raconter avec décontraction à ce collègue comme une affaire tout à fait normale.

En y songeant après tout ce temps, son excitation d'alors lui apparut exotique.

Il avait revu Vive pour la première fois depuis leur enfance, parce qu'il s'était rendu dans ce bar appelé La Grande Lessive, et il avait rencontré son ami Vincent par la même occasion, Vincent de Gazeau, qui était déjà présent, déjà *sympathique*, mais un tantinet trop exubérant et sûr de lui. Il y était allé poussé par la curiosité, il avait trente et un ans, sa vie prenait si peu corps, il avait, lui aussi comme tout le monde, l'envie de sortir, de flirter et de *boire des verres*. Et elle était là avec ses sourires projetés dans la pièce au canon à neige, et ses photos de vieilles dames, elle ne s'appelait plus Violette. Quand il était entré dans le bar, il l'avait tout de suite reconnue, elle rayonnait en plein milieu, si contente d'accueillir son petit monde, les joues chauffées par l'affairement, excitée par son bonheur, presque ridicule ; son lointain carré blond d'adolescente s'était transformé en une mer dense et hirsute de longs cheveux châtain clair, elle était pieds nus dans ce bar – elle lui racontera bien plus tard qu'elle avait dû enlever des talons hauts dorés qu'on lui avait prêtés et qui lui écorchaient les talons –, il l'avait trouvée sans gêne, et très belle.

Tout l'inverse de lui, s'était-il dit. Et il s'était senti au bon endroit au bon moment, comme jamais.

C'est vrai qu'en rejoignant sa femme à l'exposition de Sigmar Polke, Étienne ne l'avait pas remarquée, la *nouvelle* coiffure de Vive.

Il n'avait rien vu de ce changement qui lui conférait un air de défi.

Symphonie n° 5

Le lendemain Vive annula leur Concert du mardi soir. Entre tous, c'était Gustav Mahler qui était programmé, Étienne était outragé. Est-ce qu'elle savait le prix qu'il payait pour cet abonnement ? C'est ce qu'il lui avait demandé, à brûle-pourpoint. Et elle, tout de suite, de rétorquer avec un ton de snob (mais son ton exaspérant de snob qui bosse dans la culture) : Étienne, si c'est une question d'argent, franchement... Mais non, c'est une question de RESPECT ! avait-il eu envie de crier.

La seule fois, la seule en huit ans où ils avaient manqué leur concert, c'est quand Vive s'était démis l'épaule. L'incident était arrivé dans le métro, Vive était assise dans un carré, elle tenait un journal entre ses mains, *Le Monde* dans son souvenir, mais ce n'était pas important, elle était perdue dans ses pensées, lui avait-elle raconté, elle ne le lisait pas et ne prêtait aucune attention aux mouvements de la foule, et d'un coup, il reprenait ses mots, *d'un coup le ciel lui était tombé sur la tête.* Dans les faits, un homme corpulent avait été bousculé dans l'allée et, perdant l'équilibre, s'était effondré sur Vive qui regardait ailleurs. Toujours choquée le soir, elle lui répétait en boucle : « Imagine, tu es dans une bulle, tout va bien, tu te dis des choses hasardeuses, je ne sais pas moi… qu'il faut que tu rachètes du PQ, parce qu'il n'y en a plus, je pensais aussi à mon amie Sarah, que je n'avais pas rappelée depuis un moment, tu sais Sarah ? qui est mariée avec Bruno, ils ont deux enfants, dont un qui a une tête bizarre, tu vois ? Leur aîné. J'avais peur qu'elle soit fâchée contre moi, Sarah, enfin, mes idées vagabondaient et là, Étienne, et là, en un fragment de seconde, j'ai été écrasée ! » Elle répétait sans cesse ce verbe, *écraser*. Mot d'un mauve cru, hypnotique. Étienne avait jugé cela un cheveu excessif, mais ce n'était pas inintéressant les choix de mots que les gens faisaient dans le cadre de leurs émotions. Manifestement, ce qui l'avait marquée, c'était cette sensation d'écrasement. Terme radical, assez proche d'un anéantissement.

Étienne avait quitté son bureau, en prévenant l'assistante de L'Instant fou : « Ma femme est à l'hôpital », et il avait aimé ses yeux sur lui, ceux de l'assistante, un regard impressionné et compatissant. Il l'avait rejointe aux urgences, radio, manipulation, une écharpe, beaucoup d'antidouleurs, Vive avait eu l'épaule démise, c'était un mardi, et ce soir-là, c'était Vivaldi.

Vivaldi, ce n'est pas ce qu'Étienne préfère. Il n'est pas contre un peu de baroque de temps en temps, mais ce n'est pas sa période, et littéralement l'ouverture du « Printemps » des *Quatre Saisons* finit toujours par l'agresser, même s'il a une faiblesse pour la survenance de l'orage qui prend possession des chants d'oiseaux, enfin, ce n'était pas le sujet, peu importe quel était le programme ce soir-là, ils étaient restés à la maison.

Le sujet, c'était Mahler, et elle ne le lui avait même pas dit en face ! Quand ils étaient rentrés chez eux la veille au soir après avoir laissé Vincent seul boire un dernier verre et appeler une conquête, l'ambiance était ternie, Étienne s'était senti coupable de cette idiote histoire de nouvelle coupe de cheveux, il n'avait alors pas osé l'attaquer pour savoir si elle imaginait sérieusement lui faire défaut pour le concert du lendemain. Mais il n'avait pu s'empêcher de revenir sur cette ineptie qu'elle ne voulait plus aller en Italie. Ils avaient recommencé à se disputer. Ils étaient arrivés rue Emilio-Castelar énervés l'un contre l'autre. Ils s'étaient couchés sans se parler, Étienne avait encore eu beaucoup de mal à dormir et, fait rare, Vive ne s'était pas levée en même temps que lui le lendemain matin, il avait pourtant fait du bruit en s'habillant, à dessein, il était entré et sorti à maintes reprises de leur chambre, mais elle n'avait pas bougé du lit et dormait encore quand il était parti pour aller aux éditions de l'Instant fou. Dans le métro, il s'était remémoré leurs différentes conversations de la veille en boucle, car quelque chose le turlupinait, mais il ne mettait pas le doigt dessus. Était-ce une chose qu'elle lui avait dite ? Ou qu'elle avait faite ? Il ressentait un malaise, une alerte lointaine, imprécise, une dissonance cachée dans la bande-son de l'inconfortable tournure qu'avait adoptée leur soirée.

Il était aux éditions, il revenait de sa pause déjeuner, quand elle avait téléphoné pour lui annoncer qu'en effet elle ne pourrait pas l'accompagner ce soir-là, sans même lui fournir derechef une bonne explication, non. Elle avait juste dit : *Étienne, je ne pourrai pas venir ce soir.*

Il nota soudain qu'elle ne l'appelait que par son prénom depuis quelque temps, et n'usait pas de leurs habituels surnoms affectueux. Depuis quand au juste ?

Elle n'ajoutait rien au téléphone, elle attendait, et il entendait sa respiration plus appuyée que de coutume. Il lui avait donc demandé la raison. *Et puis-je savoir pour quelle raison, s'il te plaît ?* Elle avait entrepris de bâtir une histoire nébuleuse, expliquant qu'elle allait être occupée pendant plusieurs mois parce qu'elle travaillait sur quelque chose de nouveau, qu'elle avait voulu lui en parler mais qu'elle n'avait pas encore eu le temps, et que malheureusement ce soir elle avait une réunion importante, elle était désolée. Elle était désolée ? Mais c'était Mahler ce soir. Gustav Mahler. La *Symphonie n° 5.*

Tu es désolée ?! Tu es désolée ?! C'est Mahler ce soir ! C'est tout ce que tu trouves à me dire ?

Elle n'était pas sans savoir combien il aimait Mahler et surtout ce qu'il représentait pour eux deux – la semaine précédente c'était Boccherini, il aurait pu envisager son abandon, mais là, c'était insensé. Il avait essayé de lui expliquer cette évidence : qu'elle choisissait si mal le moment de lui faire faux bond, qu'elle trahissait un symbole,

et d'un coup, sortant de sa retenue, Vive lui cracha, hargneuse, que le vrai problème dans cette conversation, c'était peut-être qu'il ne lui demandât même pas sur quoi elle travaillait, et quel était l'objet de sa réunion ; qu'elle ne l'intéressait manifestement pas, que tout ce qui l'intéressait, c'était Gustav Mahler, qui était mort en Allemagne il y a un siècle.

Stupéfait, Étienne se demanda quel était le rapport, et rétorqua à sa femme qu'il était commode de changer de sujet au milieu d'un raisonnement clair, que la ficelle était un peu grosse.

Bien sûr qu'il allait lui demander sur quoi elle travaillait, il passait sa vie à s'informer de ce qu'elle fabriquait, mais là, ils étaient en train de parler de Mahler, on ne pouvait pas parler de tout en même temps. Et quand Étienne s'était donc enquis d'un ton brusque de l'objet précis de sa réunion, Vive ne voulut plus en parler. Tout cela virait à la bouffonnerie.

Elle lui avait répondu : *Laisse tomber.* Qu'est-ce qu'Étienne pouvait laisser tomber ? Il était hors de question qu'il abdique quoi que ce soit, qu'il la laisse s'éclipser sous un prétexte peu clair de leur Concert du mardi, et Vive suggéra qu'il y aille donc avec quelqu'un d'autre, écouter Mahler. Prise dans son élan, elle mentionna Constantin, parce qu'il ne l'avait pas vu depuis longtemps. *Invite Constantin, il sera ravi d'une petite soirée entre hommes.*

Constantin avait deux enfants, ou trois, Étienne n'était plus certain, est-ce qu'elle croyait vraiment qu'il pouvait lui demander de l'accompagner écouter la *Symphonie n° 5* de Mahler au pied levé un mardi soir à la dernière minute ? Alors elle avait évoqué Gala, il n'avait qu'à proposer à Gala, elle n'avait pas d'enfant, elle ! Le souci, et non des moindres, lui rétorqua Étienne, c'était que Gala ne connaissait RIEN à la musique classique, Étienne ne lui en faisait aucun reproche, c'était malheureux, mais c'était comme ça. *Étienne, débrouille-toi.* Elle lui avait dit de se débrouiller, elle avait eu l'air pressée. Il était résolu à ne pas capituler. *Mais on y va toujours ensemble, tous les mardis, ce n'est pas inouï de se figurer que ça ne se fait pas de changer le programme le jour même, que c'est absolument irrespectueux pour l'autre !*

Elle avait rétorqué qu'il avait vraiment un usage excessif de l'adjectif *inouï*, et avant qu'il pût répondre à cet affront, trop interloqué par sa bassesse, là, de guerre lasse, elle avait osé sous-entendre que la musique classique, à la vérité, c'était plutôt son truc, à lui.

Il repensait à ses mots. *Son truc.* Truc, truc, truc. La couleur du mot lui coupait les yeux. Est-ce que lui, il lui disait que la photo c'était *son truc*, avec un air de mépris ? Non, il ne s'exprimait pas comme ça. Comment avait-elle pu insinuer que c'était une sorte de passe-temps, un dada qu'elle tolérerait ? Est-ce qu'elle s'était aperçue des qualités acoustiques de la salle ? De leur placement parfait dans le carré d'or, pour lequel il se saignait les veines ? De la performance des ensembles qui leur étaient proposés ? De la renommée des chefs d'orchestre ! Toujours les meilleurs ! Chaque année, il jonglait pour obtenir cet abonnement, il faisait la queue très tôt le matin, bien avant l'heure d'ouverture de la billetterie (on ne pouvait pas les souscrire par internet), et il jonglait avec ses finances ! Ce fut à ce moment-là de leur conversation téléphonique qu'Étienne lui avait rappelé le prix exact qu'*il* payait pour leur abonnement. Et elle, de répondre, perfide : *Étienne, franchement si c'est une question d'argent...*

Non, ce n'était pas une question d'argent, c'était une question de principe ! Il était ulcéré. Les gens étaient trop gâtés, et c'est lui qui était mesquin ? Quand Vive avait parlé d'argent, Étienne lui avait hurlé pour sa gouverne que par ailleurs Mahler n'était absolument pas mort en Allemagne mais en AUTRICHE ! Et il lui avait raccroché au nez. C'était venu tout seul, cette impulsion ; pourtant ce n'est pas quelque chose qu'il faisait, il n'était pas un homme à perdre son calme.

Étienne avait appelé Gala – Constantin était injoignable –, Gala l'avait remercié de l'invitation, mais elle *croulait sous les copies*, c'étaient ses mots, Étienne détestait les profs d'université, leur arrogance, leur croyance aveugle en leurs qualités intellectuelles supérieures ; Gala lui avait dit, avant de raccrocher, qu'au fait elle organisait une lecture musicale avec un poète le prochain dimanche, qu'il fallait qu'il vienne avec Vive ; il n'avait jamais entendu parler de cet auteur, il n'avait aucune envie de l'entendre braire son mauvais texte par-dessus les accords mal ajustés d'un guitariste, ou pire, d'un violoniste de seconde zone ; mais il lui avait dit qu'ils viendraient, bien sûr, *oui bien sûr, on viendra, avec plaisir*, tout en se maudissant, et à nouveau cette gêne diffuse s'empara de lui, on sort beaucoup trop, je suis fatigué, je n'arrive pas à dormir la nuit, et il ressentait encore à la lisière de son esprit, comme le matin même dans le métro, cette présence angoissante d'une chose qui le turlupinait, une chose cruciale que Vive lui aurait dite la veille, mais qu'il ne discernait plus ;

je me fais des idées, je m'inquiète pour rien, il faut

que je me ménage des espaces de temps cloisonnés pour développer mon Projet, c'est cela qui est important, c'est insupportable de ne pouvoir se concentrer, s'énerva-t-il. Et Vive, sur quoi pouvait-elle bien travailler de *nouveau* ? Maintenant qu'elle l'avait souligné, une alarme vibrait dans son cerveau, comme un signal en morse. Avait-elle été plus absente qu'à son habitude ? Elle avait son association du Nid des Arts à trois quarts temps et les heures à la médiathèque, il lui arrivait de rentrer tard lorsqu'elle finissait avec ses collègues les préparatifs pour un événement, mais ça restait ponctuel et ça ne l'avait jamais empêchée d'être libre le mardi soir. Il aurait fallu qu'il la rappelle, qu'il le lui demande illico : Qu'est-ce que tu trafiques au juste qui semble t'accaparer ? Mais il était fâché, il ne voulait pas qu'elle pensât, parce qu'il la rappelait, qu'il n'était pas contrarié. Car sa défection était une trahison.

Étienne d'habitude repassait par chez lui les mardis, après son travail aux éditions et avant de rejoindre la salle de concerts. Il s'habillait pour sortir. Il ne gardait pas ses vêtements ordinaires de la journée, car c'est bien d'être apprêté pour écouter de la musique sublime. Mais ce jour-là, il était hors de question qu'il fît ce détour au risque de la croiser. Parce que Vive avait brisé leur beau programme. Il resterait habillé comme il l'était, tant pis. Il avait deux heures à tuer avant le début de la *Symphonie n° 5* de Mahler, il décida alors de les mettre à profit en faisant halte au Petit Brazil pour avancer sur Le Projet. Étienne, en posant son sac à dos et son casque de vélo, retrouva avec jubilation ses tables préférées et son serveur atrabilaire, excité de reprendre possession de cet espace où régner en maître anachorète. Il sortit son carnet aux rabats élégants et à la couverture noire sur laquelle était dessiné un rond rouge évoquant un soleil d'Hokusai, dans lequel, semaine après semaine, prenaient forme ses intuitions. Les lignes bougeaient en lui depuis qu'il avait pris la décision de se dévouer à son Projet. Il n'avait pas encore vraiment arrêté sa forme définitive. Un livre peut-être. Mais il se sentait au-delà de cela. Les livres étouffaient sa vie. Un spectacle ? Un opéra ?! Tout était possible, il allait passer à l'acte. Il se découvrait l'étoffe d'un rebelle en volant du temps à la mécanique huilée de sa semaine, dans le plus grand secret. Il s'appréciait ainsi, épaissi d'un mystère. Qu'est-ce qui s'était produit pour qu'il s'y confronte enfin ? songea-t-il en prenant ses aises sur les deux tables à gauche sous l'auvent. Il avait, durant toutes ces années, tant caressé l'idée de montrer de quoi il était capable à son tour, il s'était si souvent glissé en imagination dans la peau d'une autre chance de lui-même. Prendre à rebours ce que le monde avait constaté de lui. Il était bon correcteur, il était bon mari, oui ! Son travail aux éditions était indispensable.

Il avait construit avec Vive une vie nette, et substantielle. Ils s'étaient complétés tous les deux depuis le début de leur histoire. Elle était plus brouillonne que lui, et fantasque, ce qui lui conférait un charme dont Étienne, peut-être, était dépourvu, mais qui rejaillissait sur lui par la capillarité osmotique du couple ; lui, était structuré. Je suis solide, je suis rassurant, se dit-il avec contentement. Je suis doué de noblesse.

Qu'est-ce qui avait plu à Vive chez lui ? C'est la question que les bonnes gens devaient se poser à voix basse, il n'était pas dupe. Ils ne la lui poseraient pas à lui, cette question, mais le feraient entre eux, comme des chacals. Les gens avaient des certitudes, et ils les faisaient rentrer dans des schémas. Violette et lui n'étaient pas schématiques. Pardon. Vive et lui. Quand il l'avait vue, vingt ans après qu'ils s'étaient quittés enfants, ses pieds salis et ses cheveux au vent des astres, il avait tout vu. Son vide, son absence de certitudes, sa douleur à chaque photographie, Vive était solaire, Vive était libre. Vive était seule. Elle l'avait regardé quand il était arrivé dans ce bar, ses yeux s'étaient arrêtés sur lui, Étienne et ses vêtements en dehors des modes, son maintien rigide en toutes circonstances, mais elle avait vu sa curiosité, l'effort qu'il avait fait pour se rendre dans ce bar pour rencontrer une femme qu'il ne connaissait pas, ce que ça lui avait coûté, elle avait remarqué, elle avait su. Elle venait de se faire larguer. C'est la première chose qu'elle lui avait racontée, comme si elle voulait qu'il la rassure séance tenante, au cas où, si toi tu viens en moi, toi, tu resteras. Elle riait de tout chez lui, elle trouvait tout drôle et original. Ses agacements, son attention minutieuse aux détails, son incapacité à lâcher prise, ses extrapolations permanentes, sa difficulté à vivre son époque, mais aussi sa délicatesse, elle l'avait rendu beau. Parfois Étienne avait l'impression qu'ils s'étaient fabriqués ensemble, pour que chacun tombe parfaitement ajusté dans les gouffres de l'autre.

Quand, à la fin de ses études, Étienne avait eu validé sa maîtrise de lettres sur Joachim Du Bellay avec une mention bien, il l'avait pris comme une insulte.

Cette mention, à l'opposé de la substance exacte de son terme, suintait dans le contexte son échec. Étienne pensait que les étudiants dont le mémoire de maîtrise était remarqué par leur directeur obtenait la mention très bien. Ce qui était malgré les apparences TRÈS éloigné de la mention bien. Bien, c'était ventre mou, c'était le gros des troupes qui s'étaient assujetties au protocole universitaire dans les temps : on ne les rejetait pas, on ne les applaudissait pas non plus. Une masse d'étudiants qui n'avaient pas créé de connivence avec leur directeur de mémoire ; ils avaient besogné dans leur coin, et lesdits directeurs, qui avaient souvent accepté bien trop de tutorats, tamponnaient à grands coups de mentions tièdes leurs mémoires de fin d'année, sans y prêter guère d'attention, parfois même sans les avoir lus. Étienne souffrait de cette sanction qu'il imputait à la malchance. Passionné par la poésie de Paul Verlaine, il avait entrepris de déposer un sujet de maîtrise sur celui-ci auprès d'un des professeurs dix-neuviémiste dont il avait suivi les cours. Sa démarche échoua. Il n'avait pas saisi clairement les rouages calendaires, les usages, comme d'habitude il n'avait pas été renseigné : il avait manqué le train. En effet, il fallait commencer à faire sa cour auprès des professeurs dès le début de la licence pour espérer décrocher leur accord, certains d'entre eux étaient pris d'assaut, et évidemment les sujets sur le XIXe fleurissaient comme le chiendent – le siècle offrant, tels les rayons truffés jusqu'à la gueule d'un hypermarché, autant les poètes maudits, Baudelaire, Rimbaud, Nerval, que pléthore de romanciers majeurs… Flaubert, Maupassant, Zola, Stendhal, Balzac ou le pachyderme Hugo pour ne citer que ceux-là. Le XIXe, les étudiants de lettres en rêvaient, c'était la foire d'empoigne des coups bas pour s'y creuser un petit trou. Quand Étienne était arrivé après la bataille avec son Verlaine en écharpe, on lui avait bien ri au nez, et on lui avait proposé de prendre attache avec un seiziémiste mollasse, qui lui, de toute évidence, n'avait pas son cheptel au complet. Il dut alors abandonner Paul Verlaine pour Joachim Du Bellay, le cœur gros,

et choisit avec hargne de travailler sur son manifeste théorique *Défense et illustration de la langue française.*

Il finit par l'aimer, Du Bellay, mais mal ! Trop tardivement, sur un malentendu, il eût fallu disposer de plus de temps, plus d'énergie ! Il sentit que son directeur de maîtrise, un monsieur déjà très âgé, qui attendait sa retraite pour se retirer enfin vers des confins plus solaires, ne le distinguait pas, lui non plus, des autres étudiants ; Étienne reçut sa mention « bien » comme une tape sur le crâne.

Sans toutefois trop se démonter, il décida dans la foulée d'entreprendre le concours des chartistes, parce qu'il ne voulait pas enseigner, qu'il n'aimait pas la race des professeurs et qu'un diplôme littéraire offrait peu de perspectives. Il s'était convaincu de la pertinence de son choix, avait bûché avec un véritable enthousiasme toute une année préparatoire, n'avait pas noué d'amitiés trop spécifiques, mais s'était fondu dans un petit groupe de travail efficace où l'on se faisait passer des oraux et se prêtait les fiches sans mesquinerie excessive ; il était bon, il sentait la force naturelle de ses capacités se chauffer dans l'effort, vibrer dans la tension du concours, rattraper la déception de l'issue de sa maîtrise sur Du Bellay.

Et il avait échoué, à un cheveu.

Étienne Lechevallier n'avait pas du tout anticipé ce nouvel échec. Après les résultats il resta plusieurs jours sans voix, sidéré par ce qu'il prenait pour une mauvaise fortune s'acharnant contre lui. Et ce revers cinglant coïncida, brutalité vicieuse du hasard, avec la mort de sa mère. Il fit à cette époque un rêve récurrent de patinoire. Il se trouvait dans une patinoire publique et ne pouvait jamais atteindre la glace, car il n'existait pas de patins à sa pointure. Dans son rêve, ses pieds étaient difformes, ceux d'un géant.

D'avoir loupé les Chartes, il fut suffoqué par une colère froide. Il s'était vu conservateur d'un fonds précieux d'archives nationales après quelques années dans une bibliothèque prestigieuse, un royaume de livres à brillanter. Il aurait peut-être parachevé sa formation en faisant l'École du Louvre. Fantasmant d'illustres missions patrimoniales au service de l'État, il avait été persuadé que ce concours n'attendait que lui. Il exclut d'emblée de le retenter. Il ne faisait pas les choses deux fois. Et ce fut le seul moment de sa vie où il se laissa aller, Étienne l'admettait, il s'était senti disloqué.

Dans une autre vie, il aurait aimé être musicien, premier violon dans un ensemble, ou même pianiste. Une tâche où le corps se dompte dans l'abnégation physique de la pratique assidue de l'instrument, de la répétition à l'infini pour atteindre quelques minutes hors norme de grâce, de beauté pure. Mais il n'avait pas fait partie de ces enfants que les parents très tôt inscrivent au conservatoire afin de ne pas seulement privilégier leurs penchants égoïstes de petits animaux portés aux jeux, mais de les confronter à l'effort. Sa mère n'avait pas encouragé une vocation qu'il aurait pu exprimer avec plénitude. Il lui en voulait de n'avoir pas eu d'ambition pour son fils. Elle était… pour trouver des mots de la bonne couleur, ce n'était pas évident, Étienne éprouvait une difficulté à parler de sa mère, à la qualifier.

On ne devient pas virtuose sans avoir commencé à trimer de bonne heure, et ce choix-là lui avait pour toujours échappé. Alors la musique, Étienne l'écoutait.

Il avait passé la barre des écrits du concours des chartistes, c'est à l'oral qu'il avait été recalé. Étienne n'était jamais parvenu à trancher si c'était pire ou non. Échouer proche du but ou échouer dans les grandes largeurs ? Le malheur revenait au même, Étienne restait pragmatique. Quand il en avait discuté avec Vive, des années après, elle était sûre d'elle : Tu sais au moins que tes écrits avaient de la valeur, que tu n'avais pas travaillé en vain, l'oral est plus incertain, les gens ne peuvent s'empêcher de t'appréhender avec ton physique, ta gestuelle, ta manière de t'exprimer, il peut se passer un rejet épidermique, dont tu n'es pas responsable ! Pour elle, c'était une preuve d'injustice, une forme de malchance. Cette conversation ne lui avait fait aucun bien. En considérant la perspective de Vive, un jury ne l'aurait tout simplement pas *senti* dans une sorte de loterie des affinités électives. Il n'aurait pas été aimé. C'était bien pire vu ainsi. Vive ne comprenait pas que si proche du but – Étienne avait vraiment été recalé de justesse – il ne l'ait pas retenté l'année suivante.

Mais c'est sûr que tu l'aurais eu l'année d'après ! Pourquoi, Étienne, ne l'as-tu pas retenté ? Étienne travaillait déjà aux éditions de l'Instant fou quand il s'était engagé dans une relation avec Vive, il était encore jeune, salarié en contrat à durée indéterminée dans une maison d'édition exigeante. Il se considérait comme une valeur sûre. Ses choix professionnels avaient été faits, de quel droit Vive remettait-elle en cause ce qu'il était devenu ? Aurait-elle préféré qu'il repasse ce concours et qu'il l'obtienne, parce qu'elle aurait trouvé plus prestigieux et lucratif de vivre avec un chartiste ?

Après son échec au concours, il avait perdu pied au sens où les deux années qui suivirent ressemblèrent chez lui à une zone de flottement. Il n'avait plus d'horizon auquel se référer. Étienne ne s'était pas mis à sortir plus que de raison, il n'avait pas noyé le chagrin de son échec scolaire ou de la disparition de sa mère dans une solitude alcoolisée, il n'avait pas tenté de pratique sexuelle atypique, il n'avait pas cherché de danger. Peut-être avait-il fait une dépression, mais il n'en était pas certain.

Il avait d'abord enchaîné quelques stages, au gré des coups de pouce éclectiques venus de lointaines connaissances de sa mère, émues de sa mort, désireuses d'aider le fils devenu orphelin ; un stage à la rédaction des *Cahiers du cinéma*, un autre dans une radio locale, un dernier au secrétariat d'une étude de notaires. Dans l'ensemble il avait fait beaucoup de cafés et de photocopies pour des gens prétentieux, sans être rémunéré. Il commença alors à s'engourdir, comme lors d'un trop long sommeil toxique. La question de l'argent ne se posait pas vraiment dans l'immédiat, il avait hérité de sa mère une petite somme et il avait récupéré l'appartement parisien dont elle était propriétaire, celui-là même dans lequel il avait grandi et dans lequel il emménagerait avec Vive après leur rencontre.

Il avait passé ainsi de longs mois à ne rien faire, au sens strict. Il était resté chez lui, à dormir, à écouter de la musique – Haydn surtout, les sonates pour piano. Il ne sortait que pour faire des courses à la supérette en bas de l'immeuble, quand les placards étaient vides, courses qui consistaient en l'achat de biscottes et de boîtes de maquereaux pour l'essentiel. Maquereaux à la moutarde. Parfois du papier-toilette. Étienne n'avait pas de noirceur grandiloquente à asperger aux alentours, il ne se connaissait ni passion triste ni penchant canaille, simplement, pendant deux ans, il avait été désorienté. Aucun grand destin ne s'imposait plus à lui avec la netteté de l'évidence, et il n'avait que modérément apprécié ses études de lettres, il s'en rendit compte après coup, poussé inconsciemment qu'il avait été par sa mère. Elle avait, tout au long de son adolescence, évoqué avec fierté une fibre littéraire en lui, ce qui était plus rare chez les garçons, d'après elle. Elle disait à ses amis : C'est mon fils Étienne, qui aime beaucoup la littérature. *Il a lu très tôt. Toujours plongé dans un livre.* Et aussi cette expression très précise : *Ce gamin, il lirait même le cul dans l'eau.* À force de l'entendre dire, il l'avait crue. Sa mère racontait beaucoup de conneries.

S'était-il mis à lire avec constance pour coller à l'image qu'elle projetait de lui ? Ils avaient toujours été tous les deux. Étienne était l'enfant unique d'une femme sans mari. Elle n'avait jamais parlé du père et elle était morte trop brutalement pour qu'Étienne puisse la passer à la question avant qu'il ne soit trop tard, emportée en quelques mois par un cancer du sein mal diagnostiqué. Étienne avait été indisposé par l'idée du sein de sa mère atteint d'un trouble malin, d'un pourrissement, se figurait-il, lui-même avait-il fait la sourde oreille quant à ses plaintes ? *Une grosseur au sein*, chacun de ces mots mis ensemble était effrayant. Elle était morte juste avant ses résultats au concours d'entrée de l'École des chartes, et ce fut au moins une sorte de satisfaction de n'avoir pas eu à lui relater son échec. Il avait organisé, seul, la cérémonie, il avait acheté des dahlias jaunes, parce que c'était le prénom de sa mère : Dahlia Lechevallier. La fleuriste lui avait appris avec un clin d'œil que le dahlia jaune promettait la fidélité amoureuse, et il n'avait pas su comment lui dire que c'était pour le cadavre de sa mère, alors il n'avait rien dit, il l'avait simplement remerciée. Ça avait été une jolie cérémonie sans affèterie ni service religieux, il n'avait prévenu personne.

Il ne réussit pas vraiment à travailler au Petit Brazil, il s'était encore égaré dans ses souvenirs. Il ferma son carnet noir.

Étienne Lechevallier s'en alla écouter Mahler tout seul, c'était triste.

C'était splendide.

Vendredi, 7 h 15,
Brigade criminelle,
36, rue du Bastion.

PROCÈS-VERBAL

L'an deux mille vingt-trois
Le vendredi 9 juin
à sept heures quinze,

Nous, Souleymane KAROUM
OFFICIER DE POLICE JUDICIAIRE,
Thibault DE BOISSONNIER
OFFICIER DE POLICE JUDICIAIRE,
En fonction à la Brigade criminelle ;

Nous trouvant en service ;
Poursuivant l'enquête de flagrance ;
Vu les articles 53 et suivants du Code de procédure pénale ;

Pour faire suite aux réquisitions judiciaires rédigées par Simon LEGUERN, brigadier de service, demandant la compatibilité de M. LECHEVALLIER Étienne avec une mesure de garde à vue dans le cadre de la présente affaire, et demandant d'effectuer une analyse de toxiques présents dans le sang de notre gardé à vue,

Réquisitions visées et annexées au présent procès-verbal,

Suite à son dépistage, aucun toxique n'a été trouvé dans ses urines.

Visons et annexons au présent les résultats susdécrits.

Faisant comparaître, devant nous, le nommé,

SUR SON IDENTITÉ :

« Je me nomme ÉTIENNE LECHEVALLIER.

Je suis né le 11/07/1980 à Paris IVe (France).

Je suis de nationalité française.

Je suis correcteur.

Je vis actuellement au 27, rue Emilio-Castelar, Paris XIIe. »

Nous déclare :

Je prends acte des raisons de ma présence ici ainsi que du fait que cette audition est enregistrée et filmée,

Je prends acte que maître ORSY Éric, avocat commis d'office, m'assistera lors de cette audition.

QUESTION : Vous avez été interpellé à votre domicile, après que les services de secours ont constaté le décès suspect de votre épouse Violette Lechevallier née Jonquier dans la nuit du jeudi 8 juin.

Voulez-vous nous raconter quelque chose ?

RÉPONSE : Je n'ai rien à raconter.

QUESTION : Étiez-vous en compagnie de votre femme dans la soirée de jeudi soir ?

RÉPONSE : Non.

QUESTION : Pouvez-vous nous raconter ce que vous avez fait dans la soirée de jeudi ?

RÉPONSE : Je n'ai rien à raconter.

QUESTION : Vous avez appelé les services de secours à 23 h 37 et vous avez déclaré, je cite : « Elle s'est fait mal. J'ai besoin d'aide. » Voulez-vous nous raconter ?

RÉPONSE : Je ne me souviens plus.

QUESTION : Vous souvenez-vous d'avoir appelé les services de secours ?

RÉPONSE : Je ne sais plus vraiment.

QUESTION : Vous parliez beaucoup quand nous étions avec vous dans votre appartement cette nuit, monsieur Lechevallier, vous n'avez subitement plus rien à dire ?

RÉPONSE : C'est l'avocat qui m'a dit que je pouvais prendre du temps pour réfléchir à tout ça, je suis très fatigué, je suis très embrouillé. Ça fait des jours que je dors mal, j'ai des insomnies.

Pause de la garde à vue.

Birmanie

Étienne s'était disputé avec Vive avant neuf heures ce mercredi matin, la journée avait très mal débuté, et c'était déjà la troisième dispute de la semaine – avec l'épisode de sa nouvelle coupe de cheveux INVISIBLE et l'altercation qui avait suivi la défection de Vive au concert de Mahler la veille au soir. Elle était rentrée tard de sa réunion, bien après lui ; il était dans leur lit, lumières éteintes, il avait fait mine de dormir quand elle était enfin venue se coucher.

Ils n'avaient pas pris leur petit déjeuner ensemble, Étienne évitait sa femme pour lui signifier qu'il n'avait pas pardonné son abandon. Mais en la croisant de force dans le couloir, il avait soudain remarqué que Vive ne portait pas son alliance à la main gauche. À cette vue son cœur descendit dans sa poitrine comme un corps qui se défenestre. Obligé par la circonstance de sortir de son silence mis en scène avec ostentation, il lui avait demandé brusquement où était donc son alliance, en l'attrapant par le bras. *Mais où est passée ton alliance, Vive ?!* Elle avait regardé sa main par réflexe, comme si elle ne savait pas de quoi il parlait, puis elle l'avait regardé, lui, dans les yeux pour la première fois de la matinée, et elle avait semblé hésiter une seconde, alors elle avait répondu : Je ne sais pas, j'ai dû l'enlever quand je suis allée à la piscine ou à mon cours de himitsu.

Tu l'as perdue ?! s'écria Étienne.

Vive, se voulant rassurante soudain devant sa détresse, lui dit que pas du tout, elle l'enlevait souvent pour son cours de himitsu, parce que ça faisait des petites traces disgracieuses dans la terre, et qu'elle la rangeait dans la poche de son sac à main, et qu'elle avait simplement oublié de la remettre, il n'y avait pas de raison de se mettre dans cet état – depuis le début de l'année Vive avait pour nouvelle passion ses cours de poterie japonaise qui coûtaient une fortune, cela consistait à fabriquer des objets de forme géométrique dans lesquels on enfermait hermétiquement, avant de les cuire au four, un objet symbolique pour *se libérer des oppressions* que l'on ressentait. Après cuisson, l'objet s'y trouvait prisonnier. Rien que d'en parler, Étienne avait envie de s'évanouir. À son avis, c'était l'attrape-nigaude d'un gourou adepte de la *connexion à son moi intérieur*, qui avait adapté à coups de truelle une réelle philosophie ancestrale japonaise aux goûts de femmes occidentales en quête de sens. Ce n'est évidemment pas ce qu'il disait à Vive, non, il tentait de sourire de façon neutre à chaque fois qu'elle évoquait le sujet de ses cours de himitsu. La résultante était l'accumulation dans leur appartement d'objets pleins et inutiles en terre cuite, de forme ovale, carrée ou rectangulaire, dans lesquels Vive avait dû glisser un caillou pour se sentir moins lourde, ou une plume de pigeon pour se sentir plus légère, qu'en savait-il ? C'était censé rester « secret », ce qui était naturellement la traduction du mot *himitsu*.

Étienne hurla à Vive : REGARDE maintenant dans ton sac à main ! Alors Vive, en haussant les sourcils d'effarement, lui rétorqua : D'abord tu me parles sur un autre ton, ensuite je vais prendre mon café, je ne sais pas où est mon sac, donc tu te calmes, et j'irai la chercher après. Et elle s'en fut dans la cuisine.

Étienne, décontenancé, s'enferma aux toilettes, et s'y attarda ; clairement, ça faisait des jours qu'il n'arrivait pas à chier et ça commençait à lui briser les nerfs. Il feuilletait, sans le lire, un vieux polar de Dashiell Hammett qui traînait dans les waters, et sans qu'il s'expliquât son geste, il arracha l'affiche de Sigmar Polke punaisée depuis si longtemps au mur. Après l'avoir déchirée en petits morceaux, il expédia le tout, les confettis de l'affiche et ses propres liquides, *ad patres*, en tirant la chasse d'eau, puis il alla terminer de se préparer pour se rendre aux éditions de l'IF.

Quand Vive découvrit le mur mis à nu, elle vint le

chercher dans la chambre, très agressive, pour savoir *quelle mouche l'avait piqué* !

Il lui avait répondu que comme elle n'était jamais là en ce moment, toujours occupée à droite, à gauche, il ne pensait pas qu'elle verrait la différence, avec ou sans Sigmar Polke dans les chiottes ! Il dit vraiment le mot *chiottes*, ce qui ne lui ressemblait pas, signe chez lui d'une intense agitation.

Elle avait répondu en substance qu'il devenait fou, qu'elle en avait sa claque, et elle était partie. Encore à moitié dévêtu, il l'avait immédiatement appelée sur son téléphone portable, en fulminant à l'avance à l'idée qu'elle ne décrochât pas,

mais elle avait décroché, et il lui avait asséné qu'il espérait quand même qu'elle se souviendrait que CE soir-là il y avait LA soirée de fin d'année des éditions et qu'il COMPTAIT expressément sur elle.

C'était l'usage que L'Instant fou fasse un pot informel chaque année en fin de saison ; mais cette année, la fête se dotait d'une aura spéciale et d'une pression supplémentaire. La maison d'édition s'étant fait racheter quelques mois plus tôt par un gros groupe, à l'avenant d'autres maisons indépendantes, les lignes éditoriales bougeaient suivant les attentes des nouveaux actionnaires, les audaces littéraires se refroidissaient, des postes se préparaient à disparaître, le climat s'était tendu, alors le groupe avait organisé une grosse fête de fin d'année pour *recréer du lien*.

C'étaient les termes de la directrice des ressources humaines. Des termes bleu pâle, tirant sur le gris.

Vive avait répondu : Oui, c'est bon, je m'en souviens de la fête des éditions, je ne vois pas comment je pourrais l'oublier, tu ne parles que de ça depuis un mois ; il aurait voulu ajouter « Oui, je compte sur toi, pas comme j'ai pu compter sur toi pour le concert de Mahler ! », mais sa judicieuse repartie se perdit, car Vive avait raccroché.

Ça va bien avec Vive, nous sommes un couple solide, c'est ce qu'Étienne se répétait *in petto* à intervalles réguliers, depuis dix ans. Avec Vive, nous sommes un couple solide, toujours cette même phrase qu'il lâchait, de l'air entendu du connaisseur, quand il advenait qu'il se laissât aller à une infime confidence personnelle à la fin d'un dîner avec un ami. *Solide* était un adjectif qu'Étienne appréciait, il avait une couleur ivoire, nette et profonde.

Il serait honnête d'avouer qu'ils avaient connu, tous les deux, une période troublée, trois ans plus tôt. Le grabuge survenu avait concerné surtout les attentes de Vive, l'expression de *ses désirs*, Étienne en avait été profondément heurté, il avait fait le dos rond et avait accepté d'aller suivre une thérapie de couple – sur une idée de sa femme. Étienne n'aimait pas y repenser, et il n'avait jamais partagé cette information avec personne.

Tous les deux, ils avaient très vite emménagé ensemble après leur rencontre : au bout d'à peine quelques mois, Vive quitta son studio et, avec naturel, prit ses quartiers chez lui. Peut-être le fait de s'être connus enfants avait-il accentué cette intense sensation de familiarité entre eux ? Ils avaient déjà la trentaine, ils n'étaient plus tout à fait des jeunes gens ; pour Étienne, ce fut lumineux.

Il n'avait jamais vécu avec une femme avant Vive – si l'on exceptait sa mère. Il avait eu quelques histoires, mais qui n'étaient jamais allées jusqu'à la cohabitation. Ça avait bien failli avec Rose, et puis ça n'avait pas eu lieu. Précisément, Étienne avait eu deux *histoires* sérieuses avant Vive et une poignée de relations éphémères. Étienne aimait la précision, c'est ce qui manquait cruellement à la grande majorité des manuscrits qu'il corrigeait, ils étaient flous, approximatifs, les termes choisis souvent inexacts.

Vive était fraîchement célibataire quand elle l'avait invité à son exposition au bar La Grande Lessive, elle venait de rompre avec un homme, un certain Matthieu *avec deux t*, qu'elle fréquentait depuis plusieurs années. En fait, Matthieu *avec deux t* l'avait quittée de manière abrupte en lui annonçant qu'il partait pour deux ans en Birmanie afin de réaliser un reportage et qu'il était désolé de sa franchise mais il ne souhaitait ni qu'elle l'accompagne ni qu'elle l'attende. De ce qu'Étienne en avait compris, il lui avait servi la chanson bien connue de l'amour de jeunesse qui prenait fin, qu'ils devaient s'épanouir, s'accomplir, qu'ils s'empêchaient en étant ensemble, qu'ils s'étaient connus trop jeunes… mots interchangeables, refrain usé, Matthieu *avec deux t* avait espéré qu'elle comprendrait et qu'ils resteraient amis, Vive avait eu la sensation de se faire rouler dessus par un train.

Le soir de son exposition Étienne lui avait acheté une des photographies de *Vieille dame lisant*, elle en avait été touchée, ils s'étaient échangé leurs numéros de téléphone. Toute la semaine qui avait suivi, Étienne avait beaucoup pensé à elle. Constamment, en fait.

Il l'avait appelée le premier, en lui disant qu'il rencontrait un grave dilemme, il ne savait pas où accrocher la photo dans son appartement, il avait tout essayé, il aurait eu besoin de ses conseils, serait-elle d'accord pour venir boire un verre chez lui ?

Et cette relance de sa part lui avait demandé un incommensurable courage.

Il n'avait rien brusqué entre eux, l'avait laissée disposer, il endurait l'écoute patiente de la litanie des trahisons commises par Matthieu *avec deux t*, il posait des questions à cette fille, toujours beaucoup de questions, et aimait se taire quand elle répondait, souvent excessive, parfois incompréhensible dans ses réponses, il la trouvait brouillonne, intranquille, et contre toute logique cela lui avait plu, parce que tous ses mots et gestes s'enturbannaient d'une grande gaieté ; ils allaient au cinéma, boire des cafés l'après-midi et des bières le soir dans des lieux amusants, Étienne la rejoignait à des fêtes, car Vive l'invitait souvent tard le soir à l'improviste, elle y dansait, elle picolait, lui, il la regardait, ce fut un langage nouveau. Chacun se coulait parfaitement dans sa propre partition. Les contraires s'attirent parce qu'ils se rassurent et colmatent les brèches. L'adversité est incroyablement vivifiante. Rien ne s'était passé de plus pendant des semaines. Ça convenait à Étienne. Il attendait, il savait, il se rendait indispensable. Ils parlaient des heures au téléphone, il la laissait lancer et relancer les invitations, il s'était acheté quelques chemises avantageuses, il avait changé de coupe de cheveux, de déodorant, il essayait de la faire rire, il laissait Vive le photographier, il l'invitait au restaurant, dépensant sans y penser un argent qu'il n'avait pas.

Un soir où ils se tenaient dans un ascenseur qui entamait son ascension vers le cinquième étage où se trouvait l'appartement d'un ami de Vive qui avait invité du monde pour *peindre la nuit en blanc* comme elle s'amusait à dire – l'ascenseur montait, Vive s'appliquait du mascara en se tenant très proche du miroir, d'abord enduire les cils avec le noir par le dessus, puis les peigner par le dessous, Étienne la regardait faire avec attention –, elle s'était soudain retournée et l'avait plaqué contre la paroi de l'ascenseur et elle l'avait embrassé, sans geste préalable, sans mot, sans gêne,

enfin, elle l'avait embrassé à pleine bouche, il aurait attendu toute la vie, et c'était maintenant,

alors Étienne, une fois l'ascenseur parvenu au cinquième, avait rappuyé sur le bouton pour redescendre, et au rez-de-chaussée il avait appuyé sur le bouton pour remonter.

Quand, après son échec au concours des Chartes, il s'était enfermé chez lui pendant des mois à ne rien faire d'autre qu'écouter Haydn, le monde ne l'avait pas totalement oublié. Il avait un ami de la fac de lettres et un autre de son année de préparation de concours qui prenaient de ses nouvelles, de temps en temps. Lorsqu'ils appelaient au téléphone, Étienne répondait volontiers, il ne cherchait pas activement à se couper du monde. Il n'avait simplement plus l'énergie de sortir ou de se mêler à des activités nécessitant des interactions sociales. Il n'avait pas envie d'effectuer d'autres stages humiliants et vains, et le cours qu'avaient pris ses études lui laissait une amertume paralysante. Quand l'un ou l'autre de ses deux amis passait chez lui, ce qui arrivait, il n'ouvrait pas sa porte ; il était rarement habillé, encore plus rarement douché, la gêne aurait été inconfortable pour tout le monde. Il les entendait sonner, s'attarder, réessayer, repartir.

Il était satisfait que ses amis ne l'aient pas laissé tomber. Leur présence diffuse, voire leur sollicitude à son égard, rassurait Étienne. Il n'avait plus de parents, mais il était encore une personne pour qui d'autres s'inquiétaient. Un jour, son ami de la fac de lettres lui demanda au téléphone s'il accepterait de lire un texte qu'il avait écrit, s'il serait d'accord pour lui donner son opinion. Étienne, qui ne s'attendait pas le moins du monde que son ami pût écrire, sentit s'éveiller une curiosité inédite. Il accepta, à condition que l'ami dépose le tapuscrit dans sa boîte aux lettres.

Et il fit une pause dans Haydn.

Il trouva le texte verbeux et mal construit mais ce fut formidable. L'ami avait pondu pas moins de cinq cents pages, un régal. Armé d'un stylo rouge qu'il était descendu acheter à la supérette, Étienne annota l'intégralité du texte, page après page, il en faisait l'exégèse ; bien sûr il relevait les coquilles, les maladresses, les fautes de frappe et d'orthographe, mais surtout il s'attaquait au texte comme dans un corps-à-corps avec un animal furieux et non domestiqué. Il le chevauchait à cru. Il analysait le choix de l'intrigue, des personnages, de la focalisation, il discutait de sa composition, des descriptions, des péripéties, de la place du narrateur, de l'arche narrative.

De sa lumière.

Il ne put lâcher le texte tant que celui-ci ne fut soumis, et enseveli sous son écriture serrée et pointue. Alors, il appela son ami au téléphone et lui dit qu'il pouvait venir le chercher,

et ce jour-là, il se doucha longuement,

et il s'habilla avec soin.

Maurizio Cattelan

Ce mercredi qui avait très mal commencé à cause de l'attitude de Vive, Étienne avait rendez-vous avec une des éditrices de L'Instant fou, Katia. Elle lui avait demandé s'ils pouvaient se retrouver ce matin dans son bureau pour parler du dernier manuscrit qu'il avait corrigé, et Étienne en était content parce que c'était une requête inhabituelle. Il corrigeait entre quarante et soixante manuscrits par an, sans compter quelques dizaines de textes de présentation ou communiqués de presse, et on ne lui proposait jamais de venir prendre un café ou deviser de son travail. Ni les éditeurs ni les auteurs d'ailleurs n'échangeaient plus guère avec lui pour autre chose que des questions de calendrier. Au début de sa carrière, il avait été convié à des réunions où l'on faisait le point sur les livres en cours et à venir, dans une ambiance dont il goûtait la fébrilité, et Étienne pouvait alors intervenir pour commenter la ligne éditoriale, jauger la qualité d'un texte ou pointer sa médiocrité. Il en était, du destin de la littérature française, se leurrait-il, il était jeune encore.

Cette atmosphère collégiale s'était estompée avec les années, et ce n'était peut-être pas plus mal car Étienne pensait tant de mal des torchons publiés par la maison qu'il n'aurait pu se contenir avec l'élégance requise si on lui avait demandé son avis. Néanmoins, il regrettait cette impersonnalité progressive imposée à sa fonction, sa relégation dans un coin sombre, et puis il fallait aller vite, abattre la fabrication des textes comme on débite des forêts à la hache, sans délicatesse. Le métier de correcteur était devenu un métier de free-lance – affreux anglicisme sans couleur qui avait fait son nid dans la langue française comme une méchante pie, que l'on pouvait pourtant facilement traduire par « travailleur indépendant ». Étienne s'effrayait que son statut de correcteur salarié d'une maison d'édition fût devenu une arlésienne dans le milieu, cela ne se pratiquait plus. Mais il se disait que son talent en la matière le protégeait, même s'il restait un maillon invisible de la chaîne,

il était excellent dans son travail.

Étienne était arrivé tôt aux éditions, vers huit heures trente, il n'avait pas décoléré de sa dispute avec Vive. Comment avait-elle pu égarer son alliance ? D'accord, il avait arraché son affiche. C'était stupide. Ça lui avait fait du bien. Elle ne le comprenait pas. Il se sentait tellement trahi qu'elle ne soit pas venue au concert avec lui, c'était un rendez-vous amoureux, c'était un rituel. Et elle n'avait pas cherché son alliance avant de partir de chez eux, le faisait-elle exprès ? Pour l'irriter ? Étienne était arrivé le premier aux éditions, il aimait être seul dans les locaux avant que la marée humaine n'arrive par vagues à partir de neuf heures, il se sentait propriétaire des lieux, maître d'un royaume ; il se permettait de faire un petit tour, scruter les bureaux encore désertés pour y noter les traces des manies de ses collègues, les bureaux bien organisés, ceux restés en chantier, il ne fouinait pas, il s'imprégnait ; son rendez-vous avec Katia n'était qu'à onze heures, il avait le temps.

Étienne fut intrigué par un procès en cours dont il prit connaissance par hasard en lisant aux toilettes les pages Culture d'un quotidien qui traînait sur une table des éditions et qu'il avait emprunté. L'article concernait un artiste dont Étienne n'avait jamais entendu parler, un ponte de l'art contemporain semblait-il, qui s'appelait Maurizio Cattelan, un Italien, qui faisait des sculptures ultra-réalistes mises en scène au cœur d'installations dérangeantes. Vive le connaissait forcément, mais il ne lui poserait pas la question puisqu'ils étaient en froid. Ce Cattelan s'était fait connaître notamment à la fin des années 90 grâce à une sculpture en cire reproduisant de manière troublante Jean-Paul II, le pape était couché à terre, assommé par une météorite dont la chute était mise en scène par une trouée dans la verrière de la salle d'exposition. Il était célèbre pour une autre sculpture, *Him* : un corps de petit garçon agenouillé en position de pénitence que l'on découvrait de dos, et qui s'avérait, quand enfin on le regardait de face, arborer les traits d'Adolf Hitler. Et tout un tas d'autres loufoqueries, avec des têtes de chevaux empaillées et des bananes scotchées au mur qui coûtaient cent vingt mille dollars.

Mais ce qui intéressait Étienne, qui était habitué aux escroqueries de l'art contemporain par sa vie commune avec Vive, c'est qu'un homme attaquait cet Italien en justice, un Français, Daniel Druet.

Il se revendiquait comme l'auteur véritable de huit des œuvres de Cattelan, et par conséquent se plaignait d'avoir été spolié. Il était effectivement l'artiste qui avait *fabriqué*, vingt ans plus tôt et sur la commande de Maurizio Cattelan, un certain nombre des personnages en cire d'une incroyable perfection – dont le pape assommé et le petit Hitler, œuvres qui valaient aujourd'hui des millions. Étienne avait été saisi en lisant l'article, comme s'il était personnellement concerné, et il s'était empressé d'aller chercher sur internet tout ce qu'il pouvait trouver sur le procès qui s'ouvrait à Paris mais aussi sur l'œuvre de l'Italien, et sur ce Français, Druet, qui était un artiste de l'ombre. La question qui planait, et en cela le résultat de ce procès ne manquerait pas de faire jurisprudence, ou peut-être même un moment clé de l'histoire de l'art (s'emballait le journaliste), était la suivante : qui était, de l'artisan ou du concepteur, le véritable artiste ?

Étienne Lechevallier avait aussitôt pris fait et cause pour Daniel Druet, payé à la va-vite, jamais cité dans un catalogue, jamais invité aux expositions dont il avait façonné avec méticulosité certaines des œuvres maîtresses ; Druet, réduit au rôle d'exécutant, d'orfèvre que l'on cache. Druet qui n'était pas considéré. Il se sentait une communauté d'esprit avec cet invisible, une fièvre d'injustice.

Il était arrivé à une poignée de reprises à Étienne Lechevallier, pour son travail de correcteur, de recevoir un petit mot d'un auteur, qui le remerciait personnellement. Certains éditeurs s'enquéraient encore de ses impressions de lecture. Il appréciait au plus haut point ces marques d'estime tout en restant à sa place, celle des factotums insignifiants, ceux-là mêmes qui un jour renversaient l'ordre établi et menaient les révolutions dans le sang.

Réécrire

Étienne avait eu envie de prendre l'ordinateur fixe qui trônait sur le bureau de Katia entre une plante verte suffocante et une pile de manuscrits raturés et de lui exploser le visage avec. Il aurait frappé ce visage infâme encore et encore, faisant sauter comme des confettis les composants électroniques du boîtier et les yeux de Katia de leurs orbites. Il aurait terminé son ouvrage à coups de talon, pour s'essuyer les pieds sur sa face.

Ce n'est pas ainsi qu'il le formula à Vive quand, sorti en toute hâte de la maison d'édition, sa veste jetée sur ses épaules, il alla se réfugier à la table du premier café du coin de la rue pour reprendre son souffle et appeler sa femme ; il essaya de se dominer.

Vive était occupée et encore exaspérée par leur accrochage matinal, voire inquiète des gestes erratiques de son mari et de ses sautes d'humeur ; mais elle avait décroché par réflexe, trop habituée aux colères d'Étienne quand il tombait sur son répondeur. Et à son souffle au téléphone, à sa voix blanchie, elle sut que la journée, déjà mauvaise, allait empirer.

– Tu te souviens que je devais voir Katia ce matin ?

– Oui, très bien. Je ne peux te parler que quelques secondes, là, je suis en plein rendez-vous.

– Tu ne devineras jamais.

– Quoi ? Il s'est passé quelque chose de grave ?

– Je ne sais même pas comment t'expliquer ce qu'il s'est passé.

– Explique-moi.

– C'est inouï.

– Raconte-moi. Je t'écoute.

– Pire que ça, c'est criminel.

– Étienne ?

– En plus de ça, il y a la soirée aux éditions ce soir ! La soirée du groupe ! Tout le monde y sera ! Elle l'a fait exprès, j'en suis certain. Me dire ça le jour même de la soirée !

Katia avait convoqué Étienne parce qu'elle avait un souci avec les corrections effectuées sur le dernier manuscrit qu'il lui avait rendu. Elle avait essayé d'être diplomate, Étienne faisait partie des murs, sa susceptibilité était légendaire, et on ne pouvait pas lui reprocher de ne pas être efficace. Il ne loupait aucune coquille ni aucune faute d'orthographe. Il traquait en limier les répétitions, les incohérences, redondances, et toute rupture de rythme ou de registre non justifiée.

Chaque contexte historique, politique, géographique, chaque anecdote réelle utilisée dans un manuscrit était passée au tamis de ses talents de chercheur maniaque et exhaustif. Il allait vérifier si la mention des attributs d'une obscure espèce de plancton dans un roman était correcte ; et si l'auteur parlait du soleil qui régnait sur Paris le 17 avril 1684, il était capable de lui signifier qu'il en était désolé mais qu'il pleuvait ce jour-là. Il était une machine. Étienne Lechevallier maîtrisait à l'évidence parfaitement les signes de correction communément utilisés dans l'édition, mais il en avait inventé d'autres, qu'il avait imposés au fonctionnement de la maison de l'Instant fou. Il avait, à cette fin, distribué et placardé des mémos, plastifiés et en couleurs.

Les éditeurs qui travaillaient avec lui avaient accepté ses fantaisies et jouaient le jeu, parce que tous reconnaissaient qu'il abattait un travail colossal. Et puis chaque communauté humaine d'intérêts a besoin en son sein d'un personnage dissonant. Mais Katia trouvait depuis un moment maintenant qu'Étienne Lechevallier dépassait les bornes, et elle n'était pas la seule au sein de la boîte ; c'était une chose de lui laisser quelques latitudes capricieuses pour prix de son efficacité et une autre de le laisser donner libre cours à ses fantaisies obsessionnelles (voire de les entretenir) comme si tout cela était normal. C'était tombé sur elle de prendre Étienne entre quat'z'yeux – ils avaient tiré à la courte paille ; elle n'avait jamais eu de chance au jeu.

– Étienne, pardonne-moi, je vais être un peu brutale, notre problème actuel c'est que tu ne corriges pas les textes, tu les réécris entièrement.

– …

– Tu les réécris, Étienne.

– …

– Tu ne peux pas réécrire le texte des auteurs. C'est déplacé, tu comprends ?

Katia Rollman me dit que je réécris les textes, que ce n'est pas ce qui m'est demandé, que j'outrepasse mes prérogatives de correcteur !

Vive, essayant de prendre sur elle, tenta avec une nécessaire hypocrisie de faire entendre à Étienne que la critique n'était pas si grave et qu'il était idiot de se mettre dans cet état. Compte tenu de ce qu'un tel sujet symbolisait pour lui, Vive appréhendait, en étant franche, de jeter l'allumette prête à tout embraser. Elle osa néanmoins, la voix ralentie par la précaution, formuler que la critique n'était peut-être pas dénuée de fondement ; et elle se le reprocha dans la seconde, consciente de la valeur performative de ses mots. Un mot a une valeur performative quand sa portée sémantique s'accomplit à l'instant même de sa prononciation, comme quand on dit « je promets ». Elle savait cela, parce que vivre avec Étienne Lechevallier c'était entendre parler très souvent de ce genre de choses. Et la portée performative de la moindre réserve émise sur son travail provoquait chez Étienne un séisme instantané. Car Étienne n'entendait pas le contenu rationnel de ce qui lui était dit, ce qu'il entendait, c'était : Tu es mauvais, tu es insignifiant, tu n'existes pas. Vive savait qu'en ne se rangeant pas de son côté sans discussion, elle le ferait basculer, mais elle n'avait pu s'en empêcher. Son mari explosa.

– BIEN SÛR que je réécris les textes, ce sont des navets illisibles sans intérêt ! J'ai une éthique professionnelle, moi ! Heureusement que je nettoie ce caniveau, qu'est-ce qu'ils feraient, sinon ? Ils publieraient des torchons ! J'ai une éthique professionnelle, j'ai une déontologie !

Vive tenta d'amener la discussion sur un terrain raisonnable, mentionnant que l'écriture et la correction n'étaient pas un travail identique, que les textes avaient été écrits, supposait-elle, par des auteurs qui avaient fait des choix stylistiques, qui leur étaient propres, qui devaient, osa-t-elle, être réfléchis, et que peut-être ces auteurs ne souhaitaient pas qu'on changeât leurs textes en profondeur, sans les consulter.

– Étienne, j'essaie de te prendre un exemple, d'accord ? Quand tu t'es plaint l'autre fois que l'auteur utilisait à cent cinquante reprises le mode de l'indicatif, alors que toi, tu aurais mis le conditionnel et que tu le corriges systématiquement, il faut prendre conscience à un moment que c'est son choix et pas une erreur. C'est vo-lon-taire de sa part, tu comprends ?

– Tu parles de Jean-Pierre Manis, là ?

– Oui.

– Mais la manière dont il conjugue ses temps est impropre !

– Il écrit de la même manière depuis vingt-cinq livres, c'est son identité. Et il a beaucoup de lecteurs.

– Comment le sais-tu ?

– Je lis ses livres. Oui, il écrit de manière un peu relâchée, orale, mais c'est ça que l'on aime retrouver.

– Mais toi, tu aimes tout ! Ce n'est pas compliqué, tu aimes TOUT, comme si tu roulais avec ta petite voiture sur une grande ligne droite !

Étienne se contenait à grand-peine, tant il ne supportait pas que Vive prenne leur parti contre le sien, il aurait voulu qu'elle s'insurge, il aurait aimé qu'elle embrasse sa douleur, qu'elle hurle au sacrilège, chose que lui-même était incapable de faire face à l'adversaire. Il ne hurlait pas. Extérieurement. C'est pour ça qu'il avait besoin d'elle, pour qu'elle soit son prolongement, qu'elle amplifie de ses émotions femelles le feu confidentiel des siennes propres. Mais Vive réagissait comme à son habitude. Elle ménageait la chèvre et le chou, essayant de comprendre tout le monde. C'est ce qu'elle faisait dans son boulot associatif, elle les soutenait TOUS, elle se tortillait avec la même ardeur pour la dernière daube pondue dans le cadre d'un partenariat biaisé avec le ministère de la Culture que pour l'exposition Francis Bacon. Elle aplanissait.

Comme il détestait cela chez elle ! Comme il était déçu ! Il l'appelait pour qu'elle nourrisse sa colère, pas pour qu'elle se prostitue à l'ennemi. Pour ne pas lui rétorquer de choses trop regrettables, il devait briser là ; ne pas lui dire qu'il voulait un centurion à ses côtés, quelqu'un pour l'épauler, afin de combattre ensemble le monde ; et pas une Mata Hari – enjôleuse traîtresse ! Elle lui dirait qu'il était paranoïaque. Elle lui en avait déjà fait le reproche par le passé. Ça lui causait de la peine. Pour lui, un couple devait être un monde hermétique, impénétrable.

Il se retint de lui brandir son cœur heurté, il fallait être tactique,

il lui rappela l'heure de leur rendez-vous ce soir-là pour se rendre ensemble à la fête des éditions, est-ce qu'elle s'en souvenait bien ? Vive lui demanda s'il se rendait compte du nombre de fois où il lui avait déjà posé cette question.

Il allait répondre mais elle avait déjà raccroché.

Vendredi, 10 h 25,
Brigade criminelle,
36, rue du Bastion.

J'ai soif, je le lui ai dit trois fois déjà au flic, en quoi consiste son petit jeu de ne pas m'apporter un verre d'eau ? Depuis quand est-ce que je n'ai pas bu ? Il faut que je me concentre, mais il n'arrête pas de me parler, comment puis-je me concentrer pour calculer les heures écoulées depuis la dernière fois que j'ai bu ? Il faut que je coupe sa voix qui me parle, le temps de recueillir mes pensées, pardon je veux dire, collecter mes pensées. C'est un lapsus. C'est un lapsus ? Pas sûr. Ça se dit : recueillir ses pensées, non ? Recueillir, ça fait un peu chaisière de messe, *je vais recueillir mes pensées*, ça va, je me concentre, c'est bon, je ne recueille rien, je ne cueille rien ! Tes pensées ne sont pas des petites fleurs dans l'herbe, tu ne produis pas des pâquerettes. Tu produis de la merde, comme tout le monde, tu fais caca dans le lavabo comme tout le monde, non, pardon, dans les toilettes, qu'est-ce que je raconte, c'est parce que j'ai soif, je m'embrouille, et ce type qui me parle, qui me parle, qui jacasse comme une pie, avec ses airs de commissaire du peuple, avec les yeux plissés de celui qui contrôle le temps, il me prend pour qui ? Pourquoi ne me donne-t-il pas un gobelet d'eau ? Il y a une bonbonne dans le coin à droite de la pièce, sous l'affiche. L'affiche d'un mauvais film français. Elle est pleine, la bonbonne. Avec ses deux touches : fraîche et tiède. Mais QUI est-ce qui prend de l'eau tiède ? Je me suis toujours posé la question, en croisant ces bonbonnes dans des espaces de travail, chez le dentiste et chez les loueurs de voitures. Qui est-ce qui choisit l'eau tiède ?!

Quand on a soif, on prend de l'eau froide. Point final. De la bonne eau froide désaltérante. Mais il faut sans doute toujours vendre aux gens la sensation du choix. Même s'ils ne l'ont pas. Le choix. Que c'est une apparence.

– Je peux avoir un verre d'eau, maintenant ?

– On va vous apporter un verre d'eau, après.

– Mais après quoi au juste ?

– Après qu'on aura discuté.

– On ne discute pas. C'est vous qui parlez. Il faut être deux pour *discuter*, comme vous dites.

– Ah ben ça y est, IL PARLE ! Ça fait plaisir ! Ça fait plaisir Thibault, non ? Monsieur est revenu parmi nous. Parce que ça faisait un moment qu'il ne causait pas.

– Eh bien justement, on peut demander à Thibault

qui ne fiche rien derrière son bureau d'aller me remplir un gobelet d'eau, non ?

– Houla, on va se parler, mais calmement.

– Vous savez ce que ça veut dire *discuter* ? Vous savez d'où ça vient, ce mot ? Vous vous êtes déjà posé la question ?

– Thibaut, notre client s'agite là, non ? On va le rafraîchir ?

– Arrête de parler à *Thibault*, vas-y, parle-moi à moi directement.

– Il nous tutoie maintenant, peut-être qu'il veut jouer au con.

– Ça fait des heures que je n'ai pas bu, donnez-moi de l'eau. Je pense que c'est illégal que vous m'assoiffiez, mon avocat vous l'a déjà dit tout à l'heure.

– En effet, je précise à nouveau que si vous n'accédez pas aux besoins élémentaires et vitaux de mon client, j'en ferai mention dans mes observations que je vous demanderai de verser à la procédure.

– Ça va, maître. Bon, monsieur Lechevallier, je vous donne de l'eau et on reprend la discussion, d'accord ?

– Discussion, ça vient de *discussio* en latin. C'est un ébranlement. Au sens figuré. En fait, discuter, c'est comme se battre. Enfin, secouer, briser, mais sans violence physique. Vous voyez ?

– Ouais, je vois, j'ai fait des études moi aussi. Je comprends le sens propre et le sens figuré. Donc, maintenant, on baisse d'un ton, et tout le monde se calme. Thibault vous a apporté un verre d'eau. Il est devant vous.

– Vous le marquez sur le PV, ça ? Ce que signifie *discussion* en latin ? Non, parce que vous devez tout marquer. Tout ce que je dis. Et que j'ai soif.

– Thibault va le marquer.

– C'est vous qui m'avez obligé à m'énerver parce que vous ne vouliez pas me donner de l'eau.

– Ça va, vous avez de l'eau maintenant, buvez, et respirez, monsieur Lechevallier.

– Ça va, merde, je vais boire, ne me dites pas ce que je dois faire. Ce que j'ai le droit de faire. C'est votre faute si je deviens grossier.

– On a un lettré, Thibault. Ça nous change. Monsieur est sensible sur les mots.

– On est tous sensibles sur les mots.

– Reprenons, d'accord ? Sur votre identité. Vous avez quarante-trois ans, vous êtes traducteur…

– Je ne suis pas *traducteur*, je suis correcteur ! Je parle plusieurs langues par ailleurs, mais je ne suis pas traducteur.

– Ah pardon, au temps pour moi, c'est ce que je voulais dire.

– Vous faites la différence ou ce sont des mots vagues pour vous ?

– Vous êtes *correcteur*, je me suis trompé. On s'échauffe pour rien. Vous êtes correcteur. On peut reprendre ? Vous avez bu votre verre d'eau. Vous avez besoin d'autre chose ?

– Est-ce que je pourrais fumer, s'il vous plaît ?

– Je peux vous donner une cigarette.

– Donnez-moi une cigarette, s'il vous plaît.

– Ce n'est pas indiqué, ça, que vous êtes fumeur.

– Je ne fume qu'à l'occasion, lorsque je travaille, lorsque j'ai beaucoup de travail. Je ne fume pas avec les gens. D'habitude.

– Et là, on n'est pas dans l'habitude, hein ?

– Non.

– Vas-y Thibault, sors le cendrier du tiroir. Je sens qu'on est tous bien calmes maintenant. Et donne une cigarette à M. Lechevallier. Ça vous va Pall Mall ? On n'a que des Pall Mall.

– Oui.

– OK, allume sa clope, Thibault.

– Merci.

– Je sais que vous êtes énervé, ça fait longtemps que vous êtes là. Mais on n'a pas beaucoup avancé. Pour ainsi dire, nous n'avons pas du tout avancé, vous êtes d'accord ? Est-ce que vous voulez bien parler avec moi ? Avancer avec moi ?

– Oui. Je veux bien. Tant que vous me traitez correctement.

– Très bien.

– Que vous ne jouez pas avec moi.

– Je ne joue pas avec vous.

– Je ne suis pas une fiche.

– Non. Vous ne l'êtes pas.

– Je suis comme vous, je ne sais pas ce qu'il s'est passé.

– D'accord.

– Je ne comprends pas ce qu'il s'est passé.

– D'accord. Alors, reprenons. Vous nous avez appelés.

– Non.

– Pardon ?

– Je ne vous ai pas appelé.

– Cette nuit, vous avez appelé les services de secours, à 23 h 37.

– Oui. Mais, si l'on veut être précis, je ne vous ai pas appelé, vous. Comment vous appelez-vous déjà ? Votre prénom ?

– Je suis l'officier de police judiciaire Souleymane Karoum.

– Voilà, merci. Souleymane, je ne vous ai pas appelé, vous, cette nuit. Je ne vous connais pas.

– C'est exact. Vous avez appelé le SAMU, vous avez composé le 15 à vingt-trois heures trente-sept. Le SAMU a prévenu les services de police. Oui, on est bon ?

– Oui.

– Vous avez demandé de l'aide au téléphone. Est-ce que vous vous rappelez ?

– Oui.

– Très bien. Donc vous vous rappelez maintenant. Vous avez dit, je vous cite : « Elle s'est fait mal. J'ai besoin d'aide. »

– …

– Monsieur Lechevallier, est-ce que vous vous souvenez de ce que vous avez dit à l'agent de service, au téléphone ?

– Non, pas tout à fait.

– Votre appel a été enregistré. Vous avez dit qu'elle s'était fait mal. Puis à la question : Est-ce que votre femme respire ? vous avez répondu : « Elle ne bouge plus. »

– Je peux prendre une autre cigarette ?

– Allez-y. Thibault, allume, s'il te plaît.

– D'habitude, je ne fume pas avec les gens.

– Pourquoi ça ?

– C'est un aveu de faiblesse.

– Pourquoi monsieur Lechevallier ?

– Ça dit beaucoup de soi, de fumer en public.

– Alors vous, vous fumez toujours seul ?

– Oui, toujours seul. Enfin, parfois, je fume avec elle.

– Votre femme ?

– Oui.

– Parfois vous fumiez en sa compagnie ?

– Oui. Très rarement, mais en certaines occasions.

– Et elle, elle fumait ?

– Oui. Des Vogue. Trop. Mais généralement pas à l'extérieur.

– Pas à l'extérieur ? Je ne comprends pas ce que vous voulez dire.

– Ce que je veux dire, c'est qu'elle ne fume pas devant les gens, dehors, à son boulot. Elle fume chez nous, dans l'intimité.

– Pourquoi ?

– Je trouve que ça donne mauvais genre, de fumer.

– C'est vous qui lui aviez demandé de ne pas fumer devant les gens ?

– Elle fait ce qu'elle veut, mais on s'est disputés à cause de ça. Elle fumait trop *dehors*, à l'extérieur. Je le lui avais dit, c'est tout, ce n'est pas important.

– Elle fumait trop, d'après vous ?

– Des cigarettes fines. C'est un truc de femme ça, non ?

– Je ne sais pas, monsieur Lechevallier. Vous en pensez quoi, vous ?

– C'est ce que je pense.

– C'est quoi, un truc de femme ?

– Ce geste un peu snob, ce vice à demi. Je fume, mais des fines. Je fume, mais des menthols. Je m'expose, mais avec des manières. Je cherche des excuses. Des contournements.

– Elle se cherchait des excuses, votre femme ?

– Je parlais des femmes en général.

– Pas de Violette ?

– Vive. Personne ne l'appelle Violette.

– Quand vous nous avez appelés, cela faisait combien de temps que vous étiez avec Vive ?

– Je voudrais qu'on s'arrête pour le moment. S'il vous plaît.

– Qu'on s'arrête de quoi ?

– De discuter.

– De se battre en latin, donc. Si je vous suis.

– …

– Au sens figuré.

– Je n'étais pas avec elle, ce soir-là.

– Quand vous nous avez appelés, vous étiez avec elle.

– …

– Nous sommes venus chez vous.

– Pas vous.

– Non, pas moi. Pas tout de suite. Mes collègues sont venus chez vous. Je ne suis arrivé qu'après. Oui ?

– Oui.

– Qu'est-ce que vous faisiez ?

– Je vous attendais. Après mon coup de téléphone. J'attendais.

– Quand nous sommes arrivés, vous avez ouvert la porte à nos collègues.

– Oui, ils ont sonné à l'interphone.

– Ils sont entrés dans votre appartement.

– Oui.

– Vous les avez menés jusqu'à votre femme. Et vous, que faisiez-vous ?

– Rien. J'attendais. J'avais peur.
– Vous aviez peur de quoi ?
– J'avais peur pour elle.
– D'accord. Quand la police est entrée dans votre appartement, les agents ont constaté que vous aviez du sang sur vous. Beaucoup de sang sur vous, monsieur Lechevallier. Sur vos mains. Pourquoi ?
– Vous m'avez déjà dit cela.
– Répondez à ma question.
– Vous répétez les choses comme un perroquet. Comme le perroquet dans *Un cœur simple* de Flaubert. Vous l'avez lu, ce conte ? Comment s'appelle-t-il déjà, le perroquet ? Elle, le personnage de la servante, c'est Félicité, je m'en souviens. Félicité, elle entend son perroquet même quand elle est devenue sourde, même quand le perroquet est mort et qu'elle l'a fait empailler pour qu'il reste avec elle, elle l'entend. Tout le temps. Même mort, il est là. Il reste là, avec elle, jusqu'au bout. Comment s'appelle-t-il ce perroquet ? J'ai bonne mémoire normalement, mais c'est la fatigue, je crois, j'ai des trous.
– Je n'ai pas lu ce livre. La femme parle avec son perroquet mort ?
– Elle l'entend. Elle entend ses cris.
– Vous étiez couvert de sang, quand nous sommes entrés dans votre appartement monsieur Lechevallier, pourquoi ?
M. Lechevallier regarde ses mains. Leur dos. Deux

mains assez fines, aux doigts longs, aux ongles soignés, des mains d'homme qui ne travaille qu'avec son cerveau, mais il a une légère marque blanchie au doigt, l'alliance manquante, confisquée au moment de son arrivée ici. Peut-être considère-t-il cette marque. Car il s'arrête sur le dos de ses mains, où rien ne saille, sauf cela, l'absence. La disparition de son alliance.

Puis il regarde l'intérieur de ses mains. Et il relève la tête, comme secoué au réveil sans aménité, il regarde alors l'OPJ Souleymane Karoum et il dit :

– Non. Ce n'est pas ça. Ça n'est pas exact. J'avais les mains couvertes de suie. Pas de sang, de SUIE. Nous étions en train de jouer à un jeu avec Vive.

Post-it

Vive l'avait poignardé.

Katia l'avait poignardé. Elle aurait été bien surprise, Katia Rollman, la grande éditrice, de constater le résultat s'il avait réellement *réécrit* le texte. Il n'aurait rien gardé, ce n'était pas plus compliqué que ça. Il aurait pris les quatre cent trente-deux pages de cet auteur fat narcissique insipide et surcoté et il aurait jeté ça dans la cuvette en même temps que le produit de la digestion de son dîner. Il avait été si magnanime, il n'avait inséré que cent cinquante-sept post-it indispensables, il était resté à sa place, il s'en était tenu à la résolution de problèmes manifestes de syntaxe – du niveau d'un enfant qui entre en CE1 – et avait tenté de remédier LÉGÈREMENT à l'indigence du vocabulaire. Mais peut-être que le français n'était pas la langue maternelle de cet auteur ? Ah ! C'était peut-être bien ça le problème, il aurait fallu le prévenir, alors !

Et Katia trouvait qu'il *réécrivait*. Elle aurait dû le remercier, elle aurait dû lui proposer un poste d'éditeur. Sous prétexte qu'il n'avait pas le statut de travailleur indépendant, mais bien un CDI, il aurait fallu qu'Étienne passe sa vie à remercier L'Instant fou de sa grâce à son égard, et qu'il applique servilement ses standards, qu'il ne se permette jamais aucune initiative ? Souhaiteraient-ils un appareil de correction automatique pour le remplacer, une connectique sans états d'âme ni goût de l'excellence ? Ils pourraient tout aussi bien créer une machine qui scannerait les textes comme des codes-barres, l'algorithme lisserait le bazar pour le transformer en un insipide brouet de mots creux. Voire, concevoir directement un logiciel qui écrirait les textes ! Ça ne devrait pas être si ardu quand on voyait le niveau actuel ! On y était presque avec leur ChatGPT qui faisait trembler tout le monde. Comme s'il fallait craindre qu'une machine puisse être Kafka ou Céline ! Insensé ! Ha ha ha. Ça allait faire un grand tri. Et les journalistes de prononcer à l'anglaise Tchate Gi Pi Ti. Pour ne pas prononcer GPT ! Chatte j'ai pété ! Oui, ça pétait des textes bien foireux et on se bouchait le nez avec des airs de duchesse qui s'excuse à peine de l'odeur,

et Katia Rollman de lui dire qu'il fallait cesser d'utiliser des post-it avec des codes couleur, que ce n'était pas l'usage. Mais il le savait parfaitement que ce n'était pas l'usage, Étienne l'améliorait, l'usage ! Il le transcendait ! On était dans une maison d'édition sérieuse ou dans une guérite de restauration rapide au bord de la N 20 ? Est-ce qu'elle s'intéressait à la substance de son métier, cette méchante pouffiasse ?

Ils avaient déjà passé Étienne en temps partiel. Il avait dû l'accepter, sans s'insurger, c'était ça ou rejoindre la cohorte des travailleurs indépendants. Il avait fait le gros dos, souri à leurs salamalecs hypocrites. Il était resté calme et courtois, parce qu'il y avait vu le signe du destin qu'une manifestation positive allait sortir de cette humiliation par laquelle on bafouait ses droits. Et en effet, de cette trahison était né son passage à l'acte ! Depuis toujours il se savait l'étoffe de mener un Grand Projet, mais la vie de bureau et la vie de couple lui avaient maintenu la tête sous l'eau toutes ces années, l'empêchant d'y voir clair, de se déployer, de s'accorder à la fréquence de ses ambitions.

Quand il avait informé Vive que l'IF lui tordait le bras pour le passer en contrat à temps partiel, elle avait fait part de son inquiétude avec mesquinerie et grande alarme. Bien sûr que son salaire allait baisser, elle n'avait pas besoin d'enfoncer les portes ouvertes. Elle avait immédiatement voulu savoir si Étienne allait chercher des contrats en « free-lance » auprès d'autres maisons pour pallier sa perte de revenus (Vive utilisait le terme *free-lance*, oui, elle l'utilisait beaucoup), elle avait proféré les mots vert bouteille « statut d'auto-entrepreneur », « micro-entreprenariat », il l'avait laissée parler comme on regarde un poisson qui remue sa bouche derrière la vitre de l'aquarium. Elle avait fait remarquer de sa voix qui devenait flûtée quand elle cherchait des noises que leurs deux salaires réunis, ce n'était déjà pas le Pérou, mais que là, il allait falloir supprimer des dépenses.

Ce n'était pas le Pérou ! Cette expression stupide utilisée par Vive était tellement orange qu'elle lui faisait mal aux yeux. C'est sûr que ce n'était pas avec le salaire minable de Vive d'associative culturelle qu'elle allait jouer les mécènes pour permettre à son mari d'enfin exploiter son talent. Lui, il avait fait des études sérieuses, il avait une fonction d'élite, même si elle n'était pas reconnue à sa juste valeur et qu'elle s'était précarisée parce que la société entière était peuplée de crétins. Mais elle ?! Pouvait-on en parler ? Avec ses études artistiques d'enfant dilettante de bourgeois, son école de photo payée une fortune par papa et maman ; et tout cela pour qu'elle ne s'engage même pas dans une vraie carrière ! Ah ça, si, elle en prenait des photos, en permanence ; Vive immortalisait ! Tout y passait, leurs sorties, leurs vacances, leurs dîners au restaurant, leurs amis, les enfants de leurs amis, les amis de leurs amis, mais aussi les « ambiances ». Vive s'arrêtait dans la rue pour canarder une saynète, elle était *inspirée*. Elle conservait par ailleurs depuis sa jeunesse des dizaines et des dizaines d'appareils photo jetables, utilisés jusqu'à la dernière capture, mais qu'elle n'avait JAMAIS fait développer. C'était son *œuvre d'art* escamotée. Des milliers de photographies existantes mais invisibles. Étienne l'avait maintes fois interrogée sur le jour où elle se déciderait enfin à les développer. Jamais, peut-être, avait répondu Vive, avec un regard chaviré.

Elle lui lançait que lui, avec sa musique classique, vivait enfermé dans le passé, dans l'inertie, qu'il s'abritait comme un reclus, il se coupait du monde, alors qu'elle, en prenant ses photos, s'interdisait toute tentation d'adorer le passé. Qu'il ne pouvait pas la comprendre. Non, il ne comprenait pas : comment pouvait-on vivre dans le présent en capturant la vie en permanence pour la figer ? Mettre en boîte des images floues, voilà ce qu'elle trafiquait. Je ne capture rien, je questionne, répondait-elle. La photo est un récit mouvant qu'on ne maîtrise pas, on peut juste l'interroger. Dès que tu veux le saisir, ça s'échappe. Ça ébranle.

Rhétorique. Fadaise.

Elle lui reprochait par ailleurs, et constamment, de ne pas la prendre en photo, et de ce fait qu'elle n'apparût dans aucun de leurs albums. Non, il ne la prenait pas en photo, Étienne ne prenait rien ni personne en photo. Il avait un téléphone ancienne génération, à dessein, qui ne permettait pas d'utiliser internet, et ne possédait pas d'appareil photo intégré. Un téléphone uniquement à même de téléphoner, c'était un acte politique.

Vive s'était aussi étonnée de n'avoir jamais vu de photographies de lui enfant, est-ce qu'il en possédait ? Étienne lui avait dit que non, il n'avait rien gardé. Elle était restée interloquée. À la mort de sa mère, Étienne avait bazardé tout le fourbi maternel, tout ce que Dahlia avait entassé dans son trois-pièces-cuisine parisien acheté à crédit et à un prix dérisoire à la fin des années 70, albums de photos compris – sauf les livres. Trois-pièces-cuisine dans lequel Vive habitait gratuitement depuis dix ans, fallait-il le lui rappeler ? Ils ne payaient aucun loyer, ils étaient propriétaires, enfin, Étienne Lechevallier était propriétaire, car ils n'avaient pas signé de contrat de mariage, ce qui séparait entre eux, de fait, les biens hérités.

Face au passage forcé de l'activité de son mari d'un temps plein à un temps partiel, Vive avait donc entrepris de réduire les dépenses. Sur le même ton que s'il lui était venu une idée de génie, elle s'était proposé d'annuler son propre abonnement à la salle de sport. Par exemple ?

Il s'en souvenait bien de son « par exemple » qui attendait que lui aussi fasse un pas vers l'équilibre budgétaire. Que lui aussi s'ampute de quelque chose. Il n'avait rien répondu. Et toi Étienne ? avait-elle relancé. Tu penses à quelque chose que l'on pourrait supprimer ou *suspendre* un temps ? Il l'avait vue venir, sous ses airs factices de candide. Combien de fois l'avait-il entendue pester contre la cherté de son abonnement aux Concerts du mardi ? L'air de rien. Chaque année, au moment des inscriptions, en mai, elle glissait sa remarque : Ça n'a pas encore augmenté, non ? Il ne répondait pas. Il souscrivait son abonnement, avec les mêmes rigueur et ponctualité, le premier jour d'ouverture des inscriptions, en faisant la queue, parce que c'était très vite complet, on se les arrachait, il le lui avait dit et répété, c'était ce qui se faisait de meilleur, et il le méritait.

Et elle, si contente d'elle-même de renoncer à son club de gym de toupies, cours de sport de femelles en surpoids auxquels elle ne se rendait JAMAIS ! Et son cours de himitsu qui coûtait un rein ? Et ses excès de Shalimar ? Non, Vive proposait d'arrêter son cours de sport, avec des airs douloureux. Elle y allait bien les premières semaines, essaimant dans l'appartement un tapis de yoga, un justaucorps aux couleurs criardes, de mini-haltères de Barbie, une bouteille d'eau entamée. Et puis, elle sautait un cours, trois, dix. L'année était pliée. De quel sacrifice lui parlait-elle ?

Elle parlait aérobic, Étienne Lechevallier parlait de Richard Strauss.

Et il savait que si ce mardi-là elle n'était pas venue avec lui écouter Mahler,

très précisément Gustav Mahler,

c'était un acte de guerre.

Étienne avait répondu à Vive qu'il ne fallait pas qu'elle s'inquiète. Il prendrait des manuscrits en complément, bien sûr, pour pallier la perte de salaire, il était d'ailleurs souvent sollicité en ce sens, sa réputation de correcteur n'était plus à faire, certains auteurs de maisons d'édition concurrentes réclamaient ses services, ils savaient la rareté d'une telle minutie, d'un tel investissement, ce n'était pas un problème, ni même un sujet ; il sortait tout ce boniment à Vive d'une voix rassurante et impérieuse, l'idée qu'il se faisait du ton d'un mari protecteur, arbre majestueux impossible à abattre ; Étienne ne comptait absolument pas chercher des travaux de correction en complément, il ferait mieux, il la surprendrait.

Il la stupéfierait.

Blitzkrieg

À l'heure dite, ce mercredi soir, Étienne et Vive s'étaient retrouvés à l'angle de la rue de Dijon et de la rue Gabriel-Lamé, avec cette légère avance sur l'horaire actée de manière tacite entre eux, c'était leur routine, prendre une marge et conjurer tout retard, leur papier à musique ;

Vive était repassée à leur appartement enfiler sa robe noire, près du corps, mais pudique, classique mais col déstructuré, parfaite pour les fêtes « professionnelles » ; elle avait relevé ses cheveux pour dégager sa nuque, qu'elle savait belle, elle avait forcé en demi-bémol sur un maquillage sans fausse note, poudre, ombre claire, mascara, beige rose givré sur les lèvres ; en se maquillant, elle s'était, un bref instant, imaginé ne pas s'y rendre, planter Étienne, aller au cinéma par exemple,

ou se commander nûment un cocktail chic, perchée seule sur le tabouret design d'un bar d'hôtel au-dessus de ses moyens,

ça l'avait fait rire dans le reflet du miroir de la

salle de bain, parce que c'eût été impensable sans qu'il en crève d'une attaque cardiaque ; mais ça lui avait fait du bien d'en rire, comme on enlève un jean beaucoup trop serré après une journée d'apnée ; elle avait terminé le maquillage en professionnelle de son propre visage, ses chances et ses gouffres, emballer le tout pour ne pas trouer la pellicule, elle avait bientôt quarante-deux ans, elle se savait par cœur.

La fête de la maison d'édition de l'Instant fou avait lieu une fois par an, et pour Étienne tout s'y jouait. Ça faisait douze ans qu'il éprouvait la même tension à son approche, une sorte de bilan interne que personne ne lui imposait, un rendez-vous comptable dont les enjeux étaient humains, mouvants, informulés.

Vive avait mis sa robe noire, observa-t-il. La même qu'elle portait l'année dernière, tout le monde allait s'en apercevoir, ça criait misère, ou couple ennuyeux. Il essaya de ne pas en prendre ombrage, de ne pas y lire un signe. Au moins, elle était en avance.

Et leur pièce de théâtre personnelle – maintes fois jouée, celle que chaque couple peaufine sans le vouloir jusqu'à la mort (trépas du couple ou décès d'une de ses deux composantes) – prit soudain une direction inattendue car Vive lui proposa, à l'improviste, de prendre un verre juste tous les deux, avant de rejoindre la réception.

Étienne ne s'y attendait pas du tout et il n'y vit ni l'intérêt, ni l'agrément. Ils ne faisaient pas ce genre de choses. Ils ne changeaient pas leur feuille de route sans raison objective. Elle arguait qu'elle aimerait qu'ils discutent un peu de son entrevue avec Katia Rollman avant de se retrouver face à elle, il y avait aussi un sujet personnel dont elle voulait parler avec lui, et puis ils avaient le temps, ils n'allaient pas arriver parmi les premiers, comme chaque année, appuya-t-elle, c'était gênant.

– L'année dernière, on est arrivés pile à l'heure, ils étaient presque encore en train d'installer le buffet. J'ai failli leur proposer de plier les serviettes pour me rendre utile…

Ça ne fit pas rire Étienne, parce que le ton sarcastique de Vive ne s'y prêtait pas, elle ne cherchait pas la connivence, elle cherchait l'attaque. Étienne n'avait aucun désir de changer les plans de façon inopinée et d'être en retard. Vive allait commander non pas un mais trois verres sans qu'il ait le temps d'organiser ses pensées, et après, tout serait faussé. Il répéta qu'il ne préférait pas et lui rappela que c'était son milieu professionnel à lui, si elle voulait bien ne pas le mettre mal à l'aise. Elle détendit un instant son corps, et lui dit : Comme tu voudras chéri.

Bizarrement, ça l'agaça. Comme si la reddition trop rapide de Vive était une malice dont il ne percevait pas les contours. Et son *chéri* suintait de fiel. Il se demanda si elle ne sentait pas déjà un peu l'alcool.

– Tu as bu ?

– Mais pas du tout, je suis sortie du Nid, je me suis changée à la maison et j'ai couru ici. Tu trouves que je sens bizarre ?

Vive appelait son association le Nid, mais son nom complet était le Nid des Arts. Une association pour la promotion des arts intersectionnels urbains, financée par la Ville de Paris. Ils l'appelaient tous le Nid, elle et ses collègues. Un abri fabriqué pour y pondre, y couver, y faire éclore. Ce serait intéressant pour eux de revenir à la première définition, et de songer à ce qu'ils y faisaient ! Il est vrai que leur dernière installation d'un utérus géant rétroéclairé que l'on pouvait traverser à l'envers justifiait peut-être à elle seule leur jargon.

Mais non, tu ne sens pas bizarre. Tu sens Shalimar, comme si tu t'étais noyée dans le flacon, j'ai l'habitude, pensa Étienne, mais il ne dit rien. Tu sens un parfum merveilleux et au-dessus de nos moyens.

Ils s'étaient mariés deux ans après leur rencontre. Étienne avait chiné une bague chez un antiquaire, une améthyste pour sa couleur violette, l'orfèvre avait sculpté autour de la pierre de délicats pétales recroquevillés avec de la feuille d'or. Ils n'avaient alors jamais évoqué la question du mariage entre eux ; ils s'étaient rencontrés déjà trentenaires, aucun des deux n'était religieux, ils appartenaient à cette génération qui ne ressentait pas le besoin d'étalage démonstratif inhérent au grand raout marital revenu en force depuis une vingtaine d'années, traditionnel et codifié, ni la nécessité administrative ou fiscale de sceller des liens reconnus par l'État français. Étienne avait agi seul, sur une impulsion. Il avait préparé sa demande comme on fomente un putsch, le succès de la démarche reposant sur la surprise.

Après tergiversations, il trouva l'idée fabuleuse de faire sa demande pendant un concert ! Il dessina le scénario : il s'imaginait se pencher à l'oreille de Vive, leurs deux corps pénétrés de musique et rendus spectraux par l'obscurité de la salle, et lui glisser : *Vive, veux-tu bien m'épouser ?* tout en déposant la bague dans sa main.

Fallait-il dire Vive ou Violette ? Peut-être, à moment solennel, usage du prénom formel ?

Violette, veux-tu bien m'épouser ? Quel effet !

Ce prénom avait si bien disparu de sa vie à lui, qu'il dégageait presque l'arôme d'une étrangère. Ainsi mis en scène, ils n'auraient le loisir ni de se voir ni de parler, Vive ne pourrait que répondre à son tour, au creux de son oreille à lui.

Il avait fallu choisir le concert idoine. Il s'amusa à imaginer la scène sur du Wagner, une Blitzkrieg ! Mais son entreprise dépendant du programme annuel de son abonnement, il étudia les possibilités qui s'offraient à lui, et Étienne élit le *Mouvement pour quatuor, piano, violon, alto et violoncelle* de Gustav Mahler.

Cependant ce soir-là, durant toute l'heure où le piano se disputa âprement avec les cordes, Vive, après avoir reçu la petite boîte renfermant l'améthyste, la garda posée sur ses genoux. Et à la fameuse question,

elle ne dit mot, ni oui, ni non, aucun mot,

elle ne se pencha pas à l'oreille d'Étienne pour répondre à *la* question, elle resta très droite, statufiée.

Quand les lumières du théâtre se rallumèrent, toutes les mains de l'auditoire se déchaînant pour applaudir les musiciens semblèrent à Étienne autant de gifles encaissées par ses joues cramoisies.

Le couple sortit du théâtre très lentement, chacun prenant soin de faire avec minutie des gestes qu'il faisait d'habitude sans y songer, passer son manteau, vérifier qu'il n'oubliait rien à sa place, tenir la porte battante de sortie de salle au quidam se pressant derrière, chacun évitant avec maladresse le regard de l'autre. En quittant un concert, ils marchaient d'habitude jusqu'à la bouche de métro en devisant de la soirée ;

dans un silence pesant ce soir-là, le couple ne savait plus quelle direction prendre, il fallait que quelqu'un se décidât à briser le malaise.

Et Vive eut soudain un comportement effrayant et surgi de nulle part : elle se mit à hurler.

Un très grand râle, du fond de la gorge, qui va gratter les cordes vocales, en pleine rue, impudique ; une explosion. Vas-y, Étienne, crie. Mais crie, toi aussi. Une fois dans ta vie ! Bon Dieu ! CRIE.

Elle hurlait, la démente, le conjurant depuis les entrailles de la terre de gueuler à son tour. Et les passants de se retourner, de se figer devant l'irruption de l'effroi, de l'absurde, mais suspendus par la puissance de la curiosité, aussi. Et lui, Étienne Lechevallier, pétrifié, la regardant de ses yeux d'homme devenus ronds et bêtes, et arriérés, cette femme.

Étienne, je te dis oui si tu hurles. Vas-y. Je t'attends.

Au pied du mur, Étienne eut un vertige. Ça secoue le sang la folie de l'autre. Combien de temps est-il resté là à la regarder hurler ? Quelques secondes ? Beaucoup plus ?

Alors Étienne se mit à crier au milieu du trottoir pour la première et dernière fois de sa vie : *Vive, épouse-moi !* Non pas comme ça, mais comme ça :

VIVE, ÉPOUSE-MOI, à s'en faire péter le col.

Étienne n'avait ni à ce moment-là ni plus tard sondé en lui cette envie subite d'union légale. Est-ce que l'information peu de temps auparavant que Matthieu *avec deux t* était rentré de Birmanie et s'installait à nouveau à Paris avait pu déclencher chez lui un réflexe de possession ? Est-ce que la crainte absolue que Vive puisse le quitter maintenant qu'ils avaient créé une vie ensemble avec leurs rituels, l'emploi de leur temps si harmonieusement fusionné, un langage unique et imperceptible qui n'appartenait qu'à l'entité de leur couple, avait poussé Étienne à ce geste idiot et magique de s'attacher l'aimée par un serment ? Toujours est-il qu'après ce hurlement public d'Étienne, ce cri primal exigé et obtenu, Violette avait passé l'améthyste à son doigt.

Et elle avait embrassé Étienne, sur la bouche, en pleine rue. Un long baiser impudique, plein d'une salive qui valait pour accord.

Étienne Lechevallier en garda un attachement singulier à la musique de Mahler.

Le cours des choses

Mais dans un inattendu retournement, Vive, qui avait pourtant toujours montré un naturel plutôt conciliant, qui venait de déposer les armes à l'instant et de se ranger au désir de son mari, changea brusquement d'avis et indiqua, sur un ton brusque et asséché, que *en fait*, s'ils n'allaient pas tous les deux prendre un verre pour parler un peu avant la soirée des éditions, elle *se barrait*. C'est le terme exact qu'elle employa, un mot qui ne ressemblait en rien à Vive, un mot relâché, violent, pauvre et dangereux, un mot drapé dans des ombres fauves. Quand Vive articula, très sûre d'elle : Écoute, je suis navrée d'insister, mais soit on se pose deux secondes avant d'aller à ce pince-fesses et on se parle, soit, c'est très simple, je me barre, c'est toi qui vois ; Étienne en resta sonné. Un abordage. Il capitula en songeant à l'humiliation que serait pour lui d'aller à sa plus importante soirée professionnelle de l'année sans être soutenu par sa femme. Que penseraient ses collègues ? Il avait par ailleurs bien renseigné son carton d'invitation un mois plus tôt en cochant la case « sera accompagné », pour qui se prenait-elle de lui faire un chantage pareil ? Quelle était l'urgence ?

Vive prit la direction des opérations, indiquant qu'elle avait été bien gentille de passer sur ses sautes d'humeur et d'être là pour lui au téléphone cet après-midi, alors qu'il l'avait insultée, mais que là, elle avait son compte et qu'elle avait besoin de boire un verre pour s'armer de courage et qu'elle connaissait un bistrot non loin *qui ferait l'affaire*, et elle se mit en branle, à présent inflexible. Étienne ne put que la suivre, une anxiété s'agitant dans ses entrailles, et quand, arrivée à destination, Vive passa commande sans lui demander son avis, deux verres de chablis, s'il vous plaît, il sut qu'il perdait totalement le contrôle.

Ce qui frappa Étienne, une fois qu'ils furent installés à la terrasse peuplée de jeunes rigolards, à attendre leurs deux verres de chablis, c'est que quelque chose avait changé et que, jusqu'à cet instant précis, il l'avait sous-estimé. Et lui revint de surcroît en boomerang cette prescience, qui le turlupinait depuis deux jours, qu'une chose formulée par elle avait été essentielle, et qu'il l'avait manquée.

Avant même que Vive ne se mette à parler, Étienne eut peur, sachant, comme un animal a dans le sang l'intuition du danger, que cette conversation imposée au pire moment allait transformer le cours des choses.

Qu'attendait-elle pour attaquer ? pensa Étienne. Elle attend son verre, voilà ce qu'elle fait. Il ne se dit pas qu'elle pouvait partir ; après la tentative de fuite de Vive trois ans plus tôt, son acceptation à lui de se soumettre à une thérapie, sa capitulation humiliante sur TOUS les fronts, Étienne avait éradiqué la pensée qu'elle pût un jour à nouveau le quitter. *Vive et Étienne forment un couple solide.* Cette phrase d'un bleu roi était gravée en lui, intouchable, impérissable, même si Étienne avait conscience que les mois qui venaient de s'écouler n'avaient pas été insouciants. Les problèmes d'argent attaquaient leur couple. Ils n'étaient pas acculés, mais c'était insidieux, comme le vert-de-gris se dépose lentement sur le cuivre. Ils avaient dû composer avec le changement de contrat d'Étienne et compenser sa perte de salaire. Vive avait été minée par un projet au Nid des Arts, dans lequel elle s'était beaucoup investie et qui avait été annulé au dernier moment par manque de financement, avec la prime qui allait avec. Ils avaient dû faire face à un arrêté municipal rendant obligatoire la rénovation de la toiture de leur immeuble, ils habitaient dans une petite copropriété, les charges avaient quintuplé.

Même si leurs salaires étaient relativement bas, ils avaient toujours bien vécu. Ils n'avaient pas d'enfant, pas de voiture, pas de prêt à rembourser, et avec l'appartement de la mère d'Étienne, ils n'avaient jamais payé de loyer. Ils sortaient souvent, mais la plupart du temps pour assister à des spectacles et des expos pour lesquels Vive avait reçu des invitations. Ils voyageaient en Italie chaque été, mais en évitant les hôtels et restaurants dispendieux. Vive, qui venait d'un milieu plus bourgeois que celui d'Étienne, une bourgeoisie de province argentée et discrète, avait reçu des sommes substantielles à la mort de ses parents, ce qui avait créé une illusion durable de largesse. Peut-être avaient-ils vécu jusque-là au-dessus de leurs moyens ? s'avoua Étienne. Ils s'étaient mis au diapason de leurs amis parisiens dont les situations étaient plus confortables que les leurs. Cette année, ils avaient dû refuser les quelques propositions de week-ends de leur entourage, en mentant. *Trop de travail.* Ou bien : *On a déjà prévu de partir à ces dates.* La vérité c'est qu'ils n'avaient plus d'économies, c'est tout.

Le chablis n'arrivait pas, le temps se suspendait, l'angoisse d'Étienne quant à leur arrivée tardive à la soirée du groupe croissait à toute allure. Il sentit qu'il suait. Il espéra qu'il ne tacherait pas sa chemise.

Étienne se mit à scruter sa femme, sa robe noire élégante repassée pour l'occasion, son maquillage qui ombrait les fentes de ses yeux et dramatisait l'atmosphère de son visage, les grains de beauté, qu'il connaissait à l'aveugle, disparus sous le fond de teint et la poudre, mais là quand même, connus de lui, sus par cœur, il vit qu'elle avait maigri, elle aussi, il ne s'en était pas aperçu auparavant, elle flottait dans cette robe maintes fois portée, mais son corps aminci prenait paradoxalement plus de place, il transperçait la robe, Étienne devinait sa chair, les os et les trous, il eut envie de la toucher avec une soudaineté brutale, et remarqua que ça faisait quelque temps qu'ils n'avaient pas fait l'amour, quand était-ce la dernière fois ?

Elle qui était pourtant portée sur la chose.

Vive se pencha vers la table mitoyenne, avec un aplomb qui le surprit (comme l'on distingue avec terreur chez l'être trop familier ce qui échappait jusqu'à présent parce qu'on le regarde subitement sous un angle différent),

Vive se pencha pour demander une cigarette à un couple de jeunes qui pouffaient, juste à côté, dans des bières optimales commandées en Happy Hour.

Le chablis arriva.

Le Lavoir

– Tu fumes maintenant, comme ça ?

– Je fume. Tu sais très bien que je fume.

– Oui, mais pas comme ça, pas quand on est dehors.

– Tu voudrais que je fume où ? Dedans ?

– Tu comprends très bien ce que je veux dire.

– Non, pas du tout. Mais ça fait un moment, pas vrai ? Qu'on ne se comprend pas.

– Et tu n'as toujours pas ton alliance ?! Où est-elle ?

– Je l'ai oubliée à mon cours de himitsu. Je la récupérerai la semaine prochaine. N'essaie pas d'esquiver ce que je te dis en changeant de sujet.

– Alors vas-y, fume, perds ton alliance, prends des verres, fais ce que tu veux.

– Heureuse de te l'entendre dire.

– Pourquoi tu me fais ça maintenant ? On va être très en retard. On est déjà en retard. C'est fichu.

– Qu'est-ce qui est fichu ? Éclaire-moi, Étienne. Les gens ne remarqueraient même pas notre absence. Je me fous d'être en retard. Pour une fois je m'en fous, tu comprends ? Des crises, de ton agenda, de tes habitudes d'homme angoissé, tout le temps angoissé, toute la sainte journée angoissé. Ça y est, point de non-retour ! Waouh, ça fait du bien de le dire !

– Arrête de crier, les gens nous regardent. Je ne comprends pas. C'est moi qui passe une mauvaise journée, et d'un coup tu dérailles, qu'est-ce que je t'ai fait ?

– Il passe une mauvaise journée. Moi, ça fait trois ans que je passe une mauvaise journée. Et je ne crie pas. Je te promets que si je criais… quand je crierai, tu entendras la différence, avec tes oreilles délicates d'amateur de Haydn.

– *Ça fait trois ans que tu passes une mauvaise journée ?* Parce que tu vis avec moi ? C'est ça que tu sous-entends ?

– Pardon. Non, ce n'est pas ce que je voulais dire. Pas comme ça. Je suis brutale, parce que je suis fatiguée. Fatiguée… Étienne…

– Ce qui est important pour moi là, c'est que cette soirée aux éditions se passe bien, que je ne sois pas pris pour un crétin, et toi tu gâches tout.

– Ce n'est pas possible, tu es en boucle ! MA soirée, MON concert, MA maison d'édition… Raconte-moi plutôt ce qui s'est exactement passé avec Katia Rollman.

– Pourquoi ? Je t'ai déjà dit ce qui s'était passé. Elle invente des problèmes pour me saquer, elle est hystérique.

– Ah oui, c'est vrai, les femmes, la grande sororité des hystériques. Tu penses qu'elle invente des problèmes ?

– Oui. J'ai parfaitement corrigé son manuscrit, tu le sais bien, toi.

– Non, je ne sais pas, Étienne. Je ne surveille pas ton travail. Je ne JUGE pas ton travail, contrairement à toi. Est-ce que tu as vraiment considéré ce qu'elle t'a dit ? Je veux dire, son point de vue, à elle ?

– Qu'est-ce que tu cherches, là ?

– Je demande simplement si tu parviens à considérer le point de vue des gens qui t'entourent. C'est tout. Un exemple : j'ai été occupée ces derniers temps, bien plus que d'habitude, tu n'as pas remarqué ?

– J'ai remarqué que tu m'as laissé seul pour aller écouter Mahler, oui.

– C'est fou. C'est fou. Je viens de te dire que tu voyais tout de ton point de vue et tu continues.

– Moi, je t'avais accompagnée pour voir l'expo de Sigmar Polke. Parce que ça comptait pour toi.

– Merci. Rien ne t'y forçait, je t'assure, j'y allais de toute façon avec Vincent. Je te l'ai proposé par courtoisie.

– Par courtoisie ? Quand je ne peux pas t'accompagner à tes vernissages, tu restes avec moi.

– Oui, Étienne, souvent je fais cela, parce que sinon tu exploses. Tu le sais, non ? Lorsque tu es mécontent, tu pètes un câble, comme quand tu as arraché mon affiche de Sigmar Polke des toilettes ce matin. Et j'en ai marre d'avoir peur de toi, de tes réactions démesurées pour la moindre broutille, de mettre deux semaines à pouvoir reprendre une vie sereine quand tu as été contrarié par quelque chose.

– Pour moi, ça compte que tu viennes aux concerts. C'est important.

– Ça je sais, que c'est IMPORTANT, le sacro-saint rituel des *Concerts du mardi*. Étienne, tu t'es déjà demandé si j'aimais la musique classique ?

– Tu aimes la musique classique.

– Non, si j'aimais VRAIMENT la musique classique, au point d'en écouter chaque semaine, comme d'aller à la messe, pendant une décennie ?

– … Je ne comprends pas…

– OK, Étienne, donne-moi le nom d'un compositeur que j'aimerais particulièrement. Vas-y.

– …

– Tu vois ?

– Tais-toi, je réfléchis.

– Tu veux que je me taise ? Vas-y, réfléchis bien, à ton aise, pendant ce temps-là je vais commander un verre.

– Mais tu as vu l'heure qu'il est ?! Tu pourras boire autant que tu veux à la soirée des éditions ! Pourquoi veux-tu rester là ? On va être tellement en retard…

– C'est simple Étienne, si tu continues avec tes angoisses relatives à cette stupide soirée, je n'y vais

PAS. J'ai besoin de te parler, c'est autrement plus important, crois-moi. Est-ce que tu peux pour une fois te détendre ?

– Ce n'est pas moi qui fabrique toutes les semaines des objets japonais géométriques en terre cuite pour « combattre mes oppressions ».

– Eh bien, tu vois ? Tu arrives à faire des blagues. Je te félicite. Par gentillesse, je ne relèverai pas ici le mépris dans lequel tu tiens toutes mes activités, d'accord ?

– Je ne voulais pas être méprisant.

– J'ai été très prise ces derniers temps. Ce que tu n'as pas vu. Et je vais l'être pas mal dans les mois à venir. Je vais avoir besoin d'air, Étienne, et d'espace...

– D'espace ? Ça veut dire quoi ? Tu peux élaborer, s'il te plaît ? Et tu choisis pile l'heure de la soirée de ma boîte pour me dire ça !

– Calme-toi, s'il te plaît. Ce que je veux t'expliquer c'est que je me sens à un moment particulier de ma vie. Comme un tournant. Je suis en train de travailler sur un projet personnel, qui me tient à cœur...

– Un projet ?

– Oui. On m'a proposé de monter une exposition pour montrer mon travail.

– Quel travail ?

– À ton avis ?... Mes photos, qu'est-ce que tu veux que ce soit ?

– Excuse-moi, mais je n'étais pas au courant. Et ce serait où ?

– Quoi ?

– Ta grande exposition.

– C'est bon, arrête.

– SI, ça m'intéresse. Explique-moi cette exposition.

– Je n'ai pas encore de date, c'est pour une galerie, un endroit alternatif qui mélange tous les supports artistiques, ça s'appelle Le Lavoir. C'est le lieu qui monte à Paris, et ils me veulent moi.

– Ils t'ont contactée comme ça ?

– En fait, c'est une expo commune autour d'un thème, c'est Matthieu qui m'a contactée, et qui me l'a proposé. Je crois que je vais enfin développer tous mes appareils photo jetables. Je les gardais pour ça. Tout prend sens. Tout s'aligne.

– Matthieu ?

– Tu sais bien, Matthieu.

– Matthieu *avec deux t* ?! Ton ex qui était parti en Birmanie ?

– Oui, Matthieu, ne joue pas à celui qui ne comprend rien. Et ça fait très très longtemps qu'il ne vit plus en Birmanie.

– Tu le vois ?

– Ça arrive.

– Alors tu revois ton ex, et tu ne me le dis pas ?

– Arrête Étienne.

– Quand est-ce que tu as revu Matthieu ?

– Tu n'es pas content pour moi que je fasse enfin

mon expo ? Que je sorte tous mes appareils que je collectionne depuis vingt ans ?

– Quand est-ce que tu as revu Matthieu ?

– Mais je vais te répondre. On s'est revus à quelques occasions, je lui ai montré des photos que j'avais faites, et il les a aimées. Ça l'intéresse vraiment. Alors il m'a proposé qu'on fasse ce projet, voilà, avec lui et deux peintres. Il a cette idée de créer une sorte de cathédrale d'images, comme si chaque photographie était une pierre pour soutenir un édifice commun, mais une pierre sans ciment, des pierres qui fusionnent.

– Arrête avec ta cathédrale qui fusionne, là. Pourquoi tu ne m'as pas dit que tu le revoyais ?

– Je ne sais pas, pose-toi la question ! Pour pas que tu me saoules !

– Moi aussi, j'ai un projet, tu vois.

– Quoi ?

– Moi aussi, j'ai un projet.

– Super, Étienne, ravie pour toi.

– C'est tout ce que ça te fait ? Et arrête de recommander un verre, nom de Dieu !

– Je vais recommander un verre et tu vas arrêter de me faire chier. C'est exactement le sujet, là, tu vois ? J'ai besoin d'ESPACE ! Tes corrections, tes Concerts du mardi, tes collègues qui ne reconnaissent pas ta vraie valeur. Tu me fais me sentir ridicule dès que je ne connais pas un putain de problème de grammaire incompréhensible dont tu me parles pendant trois plombes. Tu es tout seul dans ta tête. Ou alors vous êtes très nombreux là-dedans.

– Putain, Vive, ne me touche pas comme ça !

– Comment ? Comme ça ? C'est comme ça que tu ne veux pas que je te touche ? Tu as la tête dure, dis-moi. Toc-toc-toc.

– Ne touche pas ma tête. Mais tu avais déjà bu avant de me voir ?! Tu me mens !

– Lâche ma main. Tu ne voulais pas qu'on nous regarde. Tu es servi. Mais lâche-moi !

– Je te lâche, ça va !

– Peut-être qu'on aurait dû vraiment se séparer il y a trois ans. Voilà.

– C'est dégueulasse ce que tu dis. Tu es dégueulasse.

– Étienne, écoute-moi vraiment s'il te plaît, est-ce que tu te souviens au début de notre relation ? On était ensemble depuis un an peut-être, on vivait déjà rue Castelar, on devait aller à je ne sais plus quel événement pour ton boulot. Exactement comme ce soir. Tu étais TRÈS stressé. Tu craignais qu'on soit en retard. Mais moi, je n'avais plus de cigarettes. Tu te souviens ?

– Non.

– Je voulais qu'on passe par un tabac, avant d'y aller. Tu refusais, littéralement. Tu voulais qu'on prenne un taxi, qu'on file là-bas, tu étais obnubilé. Je te disais : Ça va, on peut faire un détour trois minutes pour que j'achète des clopes. Et tu montais dans les tours. Tu t'emportais tellement contre moi, j'étais sidérée. Et d'un coup, tu t'es arrêté. Mais vraiment d'un coup, en une seconde. Tu m'as regardée et tu m'as dit quelque chose comme : Bien sûr, on va passer par un tabac, Vive, je suis désolé. Je suis con. Et tu as ajouté cette phrase qui m'a marquée : Vive, promets-moi de toujours me le dire si je suis con. Toute notre vie.

– C'est parce qu'on n'a pas d'enfant, c'est ça ?

– Mais c'est pas vrai ! Putain ! Tu as écouté ce que je viens de te dire ? Et arrête avec ça ! Ça n'a rien à voir. Tu mélanges tout.

– Tu m'en veux parce que je n'en souhaitais pas, c'est ça ? On peut peut-être encore en faire un, si tu as envie, vraiment envie, on n'est pas si vieux, je veux dire, c'est encore biologiquement possible, tu n'es pas ménopausée.

– Arrête Étienne. TAIS-TOI. Est-ce que c'était à cause de ça que tout est parti en vrille entre nous il y a trois ans ? Non. Pas du tout. Ni toi ni moi n'avons voulu d'enfants, au bout du compte, ne refais pas le film. Punto final.

– Toi tu en voulais, à un moment donné…

– Mais laisse ça ! Ne cherche pas d'autres raisons parce que ça t'arrange. Pour que tu puisses te planquer derrière. Et rester sourd, aveugle. Et con.

– Ce projet, je le fais pour toi, Vive, pour que tu sois fière de moi.

– Mais QUEL PROJET, Étienne ? Putain ! Quel projet ?! De QUOI tu parles ?

– Mon Grand Projet. Je ne peux pas encore t'expliquer. Il n'a pas trouvé sa forme. Mais ça changera tout. Je vais enfin m'exprimer. Et toi, tu peux avoir tout l'espace que tu veux ! On est ensemble, on va se soutenir dans nos projets respectifs, on va tout transformer !

– Étienne… calme-toi…

– Je t'aiderai à développer tous tes appareils jetables, on découvrira les photos ensemble !

– Étienne !

– Quoi ?!

– Tu trembles ! Regarde-toi, tu trembles comme un fou, tu fais tout tomber !

– Tu ne m'écoutes pas !

– C'est toi qui ne m'écoutes pas. Ce que je voudrais te dire…

– ARRÊTE MAINTENANT ! On va à la soirée, on est trop en retard !

Étienne, levé d'un bond, fit chuter un verre et le cendrier. Il ne chercha pas à les ramasser. Il balança deux billets de vingt sur la table. Et il s'éloigna résolument de la terrasse.

Vive hésita quelques instants, mais elle le suivit.

Manège

Le groupe, dans une probable perspective de se concilier les esprits retors et d'adoucir la potion amère des réaménagements liés à l'absorption de maisons indépendantes dans un vaste conglomérat, avait vu, pour sa première soirée annuelle, les choses en grand. Quand traditionnellement L'Instant fou réunissait ses collaborateurs dans sa propre salle de réunion, d'où les tables étaient poussées pour l'occasion afin d'installer une sono prêtée par le comptable (qui se piquait d'être un peu DJ à ses heures) et un coin ravitaillement où l'on ne mégotait ni sur les bouteilles d'un mousseux correct ni sur la garniture généreuse des planches charcuterie-fromage commandées à l'italien de la rue du Commerce, cette année les salariés du groupe étaient invités à passer une *nuit magique* au musée des Arts forains.

Combien de gens avaient été conviés à ce cirque ? s'étonna Étienne quand il repéra sur le boulevard l'entrée de la fête grâce à l'attroupement impressionnant de convives, foule de robes brillantes et costumes repassés, où chacun attendait docilement de donner son nom et de montrer le contenu de son sac à des hommes de la sécurité grimés en clowns. Vive et Étienne rejoignirent la queue d'un pas traînant tout en évitant de favoriser entre eux tout contact physique ; Vive, après trois verres de chablis, était déjà éméchée ; Étienne, n'ayant quant à lui pas touché au vin, était sobre à se cogner la tête contre un mur. Le musée, planqué non loin du parc de Bercy et qui ressemblait de l'extérieur à de vastes entrepôts aux toits pentus, s'ouvrait, une fois passé le piétinement des contrôles, sur une cacophonie de lumières espiègles – bougies, loupiotes clignotantes et guirlandes de fleurs pailletées. Le sol vibrait jusque sous les pieds du son guttural et métallique d'un gigantesque orgue, piqueté de flûtes qui ressemblaient à une armée de bouches gémissantes. Étienne était tétanisé.

Un circassien en tenue d'acrobate du XIXe siècle lui cria trop près de l'oreille « BIENVENUE ! », au moment où une jeune femme déguisée en sirène, dont le maquillage blanchi agrandissait sur sa face un aveuglant sourire vermillon, lui tendait une coupe d'un cocktail fluo. « Le vestiaire à votre gauche ! » indiquait-elle à la cantonade en même temps que de distribuer, comme Jésus les petits pains, son improbable breuvage aux mains tendues de l'assistance. Vive se dirigea vers le vestiaire, en passant à peu près dignement entre deux sculptures de chevaux montés par des amazones. Étienne fila à sa suite, angoissé de perdre de vue sa femme dans ce barnum. Aux vestiaires s'alignaient déjà des centaines de vestes, la soirée était bien engagée, s'angoissait Étienne, qui percevait de loin un brouhaha agressif de fête foraine. Alors qu'on pénétrait dans la salle qui se dévoilait derrière de lourdes tentures théâtrales de velours bleu roi, l'orgue de l'entrée céda la place au son mécanique et grinçant de ses cousins de Barbarie. Vive et Étienne, qui n'échangeaient toujours pas un mot, contemplèrent avec circonspection les convives par grappes qui prenaient d'assaut des manèges de chevaux de bois et de vélocipèdes. D'autres se balançaient sur des nacelles ou éprouvaient leur adresse dans des jeux de massacre, ça criait des encouragements à droite, ça battait des mains à gauche, les gens étaient déchaînés dans cette permission paradoxale de boire sans retenue et de retomber en enfance. Étienne reconnut des collègues occupés à lancer des boules dans les trous d'un plateau de jeu d'adresse, pour faire se courser des marionnettes de garçons de café. Des femmes en justaucorps cousus de plumes chamarrées se contorsionnaient avec une lenteur décorrélée de la fièvre ambiante, impassibles déesses, pendant que flûtes de champagne et canapés au foie gras circulaient de plateaux en bouches en un ballet aérien. Il était loin le mousseux servi dans des verres en plastique.

Les gens ne se parlaient pas, ils jouaient.

Vive, qui agrippait une coupe d'une main sûre, enjoignit à son mari de la suivre : Viens on va faire la queue pour le manège, on est là pour ça ; Étienne, sous le choc, ne put que s'exécuter, plaquant sur son visage un sourire ajusté à l'égard de Valérie et Dominique qu'il venait d'apercevoir, les attachées de presse de L'Instant fou, qui lui rendirent un regard qu'il espéra amical.

C'est notre tour, viens ! En un instant, aidé d'un homme en queue-de-pie rouge, Étienne se vit hissé sur la machine et démarrer l'infernal train-train à califourchon sur un cheval aux yeux ronds peints d'une couleur si brillante qu'il hallucina un fugitif instant un éclat de vie surnaturelle dans cette mascarade. Devant lui, un autre cheval embarqué dans un cycle ne menant nulle part supportait le corps de Vive, dont Étienne fixait les bas couture enserrant ses jambes galbées – sa jupe, par la force de la situation, s'était nettement relevée. Il voyait devant lui sa femme monter et descendre, monter et descendre, comme si elle copulait avec la machine.

Il eut à peine le temps de se confronter à l'idée gênante qu'il était juché sur un manège, que Vive l'entraînait ailleurs ;

ou plutôt Vive s'éclipsait, s'enfuyait, électron libre enténébré, et il la pourchassait. Elle s'engouffra dans une salle coiffée d'un panneau qui promettait le *Théâtre du Merveilleux*. Mais attends-moi ! intima Étienne à sa femme, quand il fut entouré de tout un bestiaire médiéval animé sur les murs par un ingénieux système de projection vidéo. Il s'arrêta un instant, bête, devant les lions et les licornes qui batifolaient dans un jardin d'Éden, et prit conscience qu'il ne voyait plus Vive. Étienne voulut ressortir, mais des miroirs se confondaient avec les portes et, désorienté, il ne sut plus vers où se diriger. Une femme déguisée en une inquiétante Alice de Lewis Carroll lui mit d'office une nouvelle coupe dans la main. Il remercia machinalement, *Merci madame*, et abandonna le verre dans l'instant sur le premier support à sa portée, un singe en stuc coiffé d'un petit chapeau, qui semblait ricaner, mais il le posa trop vite et le verre se brisa à ses pieds. Poussant une porte, il atterrit au milieu de gondoles vénitiennes qui traînaient leur sillage sur une mer de carton-pâte, il lui sembla soudain que le volume de la musique ambiante, douteux tintamarre de clochettes, accordéons et variété française, augmentait d'un coup, ou était-ce dans sa tête ?

Étienne posait ses coupes sans les boire, mais l'instant d'après une autre arrivait dans sa main comme par magie, le mot d'ordre était de saouler le peuple ce soir. Il se fit bousculer par un couple qui partageait une barbe à papa, dont un morceau atterrit dans ses cheveux. La femme s'empressa de tenter de lui enlever et de le recoiffer, *C'est bon, c'est pas grave*, couina-t-il, la femme le dévisagea, le cœur d'Étienne battait trop vite, il était essoufflé ; en passant la main dans ses cheveux, il sentit les grains de sucre restés accrochés, il fallait qu'il trouve des toilettes pour se nettoyer, il fallait qu'il trouve Vive, et enfin il la vit.

Elle avait jeté son dévolu sur un jeu de force constitué d'un grand marteau à abattre sur un billot faisant cliqueter des grelots censés clamer à la face du monde l'ardeur musculaire du joueur. Elle avait posé sa coupe en équilibre sur une jarre vomissant des fleurs et levait très haut au-dessus d'elle le marteau, comme s'il s'agissait de terrasser toute une armée.

Gling gling gling, elle fit péter les scores.

Tous ces adultes redevenus enfants foutaient les jetons, et Étienne sentit son cerveau comme une pâte grisâtre se coaguler sur l'entêtante question du droit de Vive d'avoir fomenté un projet artistique en collaboration avec Matthieu *avec deux t* sans jamais lui en parler ; à cet instant il aurait pu lui arracher le grand marteau du jeu de force cliquetant et lui briser le crâne avec, en visant sa tête en plein dans le mille.

Greta Thunberg

À la table contiguë de celle d'Étienne et Vive, vide à présent qu'ils avaient payé leurs boissons et levé le camp avec un reste de dignité pour rejoindre la fête du groupe, le couple de jeunes gens auquel Vive avait quêté une cigarette recommandait, tout à sa joie de l'ivresse naissante et d'une température clémente, deux nouvelles bières optimales. Ils commentaient avec l'amusement cruel de la jeunesse la scène de dispute dont ils n'avaient manqué aucun développement. Ç'avait été assez drôle de voir ce vieux couple monter en pression, le spectacle gratuit avait interrompu leur discussion. Geoffroy et Aliénor se connaissaient depuis qu'ils avaient commencé en octobre dernier la première année de la même école de commerce, une boîte à fric avec pour nom un acronyme anglais, ils ne couchaient pas encore ensemble, mais se tournaient autour dans ce but bien précis ; ce soir-là, ils attendaient d'être rejoints par quelques amis, pour attraper une des fêtes estudiantines qui s'improvisaient chaque soir dans l'un des appartements parentaux de leurs congénères. Ni l'un ni l'autre n'avait d'idées arrêtées sur le secteur d'activité dans lequel ils s'épanouiraient après leurs études, le temps leur semblait encore infini avant cette échéance. Geoffroy était pour le moment un membre actif du Bureau des étudiants, l'incontournable BDE qui organisait les fêtes, les événements du campus et toute sa vie clandestine, ce qui le parait, aux yeux d'Aliénor, d'une aura très avantageuse. Aliénor, qui avait grandi avec Greta Thunberg, militait chaque week-end avec l'asso Green de l'école pour dénoncer la catastrophe climatique qu'elle savait venir comme seule sa génération l'avait perçu dans sa chair même, ce qui ne l'empêchait pas encore de jouir avec pétulance de sa juvénilité, avec cette insouciance si caractéristique des soirées dont on ne connaissait jamais à l'avance le programme.

Peut-être que Geoffroy et Aliénor coucheraient ensemble un soir ou deux, avant de se désintéresser, naturellement et sans histoire, des phéromones du partenaire ; peut-être que Geoffroy et Aliénor coucheraient longtemps ensemble et s'agrégeraient en un couple d'enfants presque adultes, qui leur réserverait beaucoup d'émois et beaucoup d'écueils.

Pour le moment Aliénor mimait la scène où leurs voisins de table avaient failli en venir aux mains. Tu as vu comme elle lui a tapoté le front pour l'énerver, c'était quoi, ce bail ? On aurait dit qu'elle le provoquait pour qu'il se vénère grave. Aliénor, en apparence plus curieuse que Geoffroy de la psyché de son prochain, ambitionnait de décrypter la naissance de cette dispute et s'essayait à en faire l'exégèse. Une altercation dans un lieu public, ça claque comme un coup de feu, on se retourne, on vérifie, puis on fait mine de revenir à sa propre affaire, par pudeur, mais on laisse une oreille guetter ce petit bruit excitant que joue pour nous le malheur des autres. Geoffroy, lui, trouvait qu'elle avait l'air un peu folle, la dame d'à côté, elle buvait beaucoup plus que lui, son mari.

Tu ne sais pas s'ils étaient mariés, rétorqua Aliénor, pleine de bon sens et enfant de son siècle, peut-être qu'ils sont amants et que leur situation devient intenable.

Ils n'avaient pas une dispute d'amants, jugea Geoffroy, mais Aliénor lui fit remarquer qu'il manquait vraiment d'expérience pour en juger.

Tout de suite pour toi, c'est la femme qu'est folle, donc ? s'indigna Aliénor, qui avait grandi non seulement avec Greta Thunberg mais aussi avec Meetoo. C'est quoi, le problème qu'elle boive plus que lui ? Picoler, c'est un truc de bonhomme sinon c'est dégradant ? interrogea-t-elle.

Non, ce que Geoffroy voulait décrire, sans trouver les mots idoines, c'était l'impression d'instabilité que la femme lui avait donnée quand elle leur avait taxé une clope, qu'elle s'agitait comme une flammèche, qu'elle était là, mais que son corps n'y était plus ; et qu'en face, l'homme paraissait cadenassé, réfugié dans un endroit inatteignable pour elle, meurtri de centaines de blessures vives ;

au lieu de dire quelque chose dans ce goût-là, il lança à Aliénor : Tu crois qu'ils baisent encore ? C'est peut-être ça qui ne va pas.

En faisant cela, inconsciemment il ramenait le sujet vers un espace qui le concernait et l'intéressait bien davantage et qui se traduirait par : Et nous, quand est-ce qu'on baise, au fait ?

Et même si Aliénor se défendait d'un « Mais, n'importe quoi, toi, là ! », elle ressentit une double décharge au commentaire graveleux de son partenaire, d'abord un vague dégoût à imaginer ces quarantenaires en train de forniquer (à l'âge de Geoffroy et Aliénor, la différence est mince entre avoir quarante ans et en avoir cent) et une excitation trouble à mettre le vrai et seul sujet valable sur le tapis de manière aussi cavalière : qui baisait qui, quand, combien, comment.

Elle se dit que si elle glissait maintenant sa main sous la table pour l'envoyer effleurer la braguette de son camarade, elle pouvait parier qu'il banderait en une seconde, et cette pensée lui mit une chaleur aux reins en même temps qu'une onde de satisfaction la traversait, cette jouissance à se savoir posséder les armes pour assujettir l'autre.

Mais avant qu'elle décide de mettre ou non cette

manœuvre à exécution, leurs copains arrivèrent comme une volée de pipistrelles et s'égaillèrent autour de leur table, on recommanda de toutes parts des bocks en Happy Hour, et Aliénor se lança dans la narration de l'histoire du couple d'à côté, contente de capter l'attention d'un nouvel auditoire, et elle n'aurait jamais pu imaginer que cet homme et cette femme dont elle se régalait à l'instant des fausses notes et débordements se retrouveraient sur les bandeaux roulants de BFM TV et CNews deux jours plus tard.

Elle ne ferait d'ailleurs pas le lien, comment le pourrait-elle ? Ces gens n'avaient déjà pour elle plus de visage, ni de substance, ils étaient une anecdote, un divertissement.

La belle Aliénor de gazouiller à la cantonade, avec un litre de bière dans le sang : Et là d'un coup la femme, elle tapote avec son doigt le front de son mari, en faisant toc-toc-toc, comme si elle voulait faire péter la cocotte-minute !

Paul Verlaine

Les gens dévoraient un buffet qui ne cessait de s'approvisionner, digne d'une corne d'abondance d'épicerie fine ; les plateaux vides escamotés d'un geste presque invisible étaient relayés dans la seconde par d'autres, chargés jusqu'à la gueule de brochettes de crevettes saupoudrées de filaments de safran et piment de Cayenne, de Saint-Jacques déglacées au vin blanc, de sushis basilic-flétan, de briochons thym et miel, les flûtes pleines de bulles dansaient en pyramides, les gens mangeaient comme à l'annonce d'une guerre, les estomacs montés au cerveau ; les vestes tombaient des épaules des femmes et des hommes sous l'effet d'une chaleur, de la digestion sollicitée sans répit, de l'alcool qui dégoulinait de toutes parts en perfusion, les manèges tournaillaient, ne s'arrêtant que pour charger d'autres postérieurs avides de faire dada, la salle adjacente était baignée de jeux de lumières stroboscopiques qui faisaient s'accélérer les cœurs, Étienne y discernait au loin des silhouettes de pantins jetées dans une danse indécise, déjà gris, peut-être heureux, il ne savait plus où était Vive. Elle avait encore disparu.

Il l'avait perdue quand un cracheur de feu avait fait diversion, les gens avaient commencé à s'exclamer au rythme des flammes qui lui sortaient de la bouche, il y avait trop de bruit, trop de mugissements, de sueur, elle était là et elle n'était plus là, il avait regardé tout autour de lui, un serveur lui fit voleter sous le nez des bouchées de thon rouge, il ne put plus se concentrer, il ne connaissait aucun des visages, il ne savait pas à qui demander de l'aide, il était seul ; avant de venir, elle lui avait dit au bistrot : *Personne ne remarquerait notre absence*,

ce qu'elle voulait lui dire, méchante, c'était : Toi, Étienne, personne ne remarquerait ton absence, personne ne témoignerait que tu étais là, ou bien jamais venu, elle voulait lui cingler son insignifiance dans cette boîte où il travaillait depuis plus de douze ans, lui murmurer comme un mauvais génie qu'il n'arborait que la couleur des murs, l'odeur de la poussière, la substance du souffle d'un sèche-mains, mais qu'en savait-elle ? Qu'y connaissait-elle, à sa vie professionnelle ? Tout à l'heure Valérie et Dominique lui avaient souri, à lui, Étienne, ses collègues, ses collègues à lui qu'il voyait toutes les semaines, Valérie avait deux garçons, dont un avait des problèmes à l'école, Dominique venait de se remarier, elle avait invité Étienne au vin d'honneur au sortir de la mairie, il y était allé, il s'était retrouvé sur la photo de groupe des amis, en bonne place, et Vive, est-ce que quelqu'un se soucierait qu'elle ne soit pas là ? Pensait-elle que toute une foule remarquerait son absence au monde ? Se leurrait-elle sur sa propre importance avec son exposition de photos qui n'intéresserait personne, qui n'aurait sans doute jamais lieu ?

Étienne se déplaçait frénétiquement dans la foule, traquant les robes noires qui pourraient toutes recouvrir le corps de Vive, ce corps qu'il connaissait comme ses souvenirs d'enfance, en souverain, en créateur, dont la familiarité était si grande qu'elle finissait par couvrir les yeux d'un voile, qu'elle bouchait l'évidence des sens ; il avait parcouru presque toute la salle en crabe, se déplaçant en zigzaguant, à droite, à gauche, se pourrait-il que Vive soit en train de danser dans la pièce d'à côté ? Elle lui aurait tout fait ce soir, vraiment. Qu'est-ce qu'elle cherchait ? À se distinguer ? Mais il la distinguait parfaitement. Que croyait-elle ? Elle était tout pour lui. C'est ça peut-être qu'elle voulait, qu'il s'aplatisse, qu'il s'humilie. Il ne comprenait pas pourquoi elle l'attaquait maintenant, à nouveau. Qu'avait-elle dit plus tôt ? Que *ça faisait trois ans qu'elle passait une mauvaise journée.* Les mots blanc-bleu qui picotaient, qui tombaient dans son cou, comme des cailloux mouillés, froids, un bleu clair d'évier en faïence, trois ans. Ça lui rappelait un poème, c'était là, à l'orée de sa mémoire, mais ça lui échappait. Quel poème, déjà, bon sang ?

Étienne prit un verre du plateau volant qui ne cessait jamais d'être surchargé, d'être propre, de briller. Il le but vite et à gros gorgeons. Son caleçon lui rentrait dans la raie des fesses depuis un moment maintenant, une gêne permanente, insidieuse, dont il saisissait d'un coup la cause évidente, est-ce qu'il pourrait remettre le bord du caleçon en place sur sa fesse sans que personne remarquât son geste ? Il entendit son nom soudain, c'était David qui l'appelait, un des éditeurs de l'IF : Hé Étienne ! Incroyable cette fête, non ? Je ne sais pas quelle pilule ils veulent nous faire passer, mais c'est un enterrement de première classe, l'enculade du siècle. Viens avec nous ! On fait bande à part. Étienne sourit machinalement, réépingla sur son masque facial l'air adéquat, Étienne reprit un verre. Ça trinque, trinque, trinque. Il découvrit Bénédicte, Aurore et Guillaume. Guillaume avait ouvert sa chemise jusqu'au milieu du torse, chemise blanche, impeccable, d'un blanc trompeur, comme les mots chuintants, il pensa à la forme de son propre sourire, jamais exhaustif, jamais de dents apparentes, il savait que quand il souriait en montrant ses dents ça le rendait inquiétant, et Aurore de lui dire : Non mais il y a même des poneys et des paons, tu as vu cette dinguerie ? Ils ne reculent devant rien. Et tu as entendu la musique de l'orgue ? C'est un vrai orgue du

début du siècle dernier, ils en jouaient tout à l'heure, mais tu n'étais pas encore arrivé, non ? C'est drôle, toi qui arrives toujours en premier. C'est ce qu'on se disait, mais où est Étienne ? Et un des gars du musée m'expliquait que ces orgues spécifiques servaient à annoncer l'arrivée des cirques dans les villages, en fait tous les objets ici sont d'époque, tous les manèges. Non mais, David, ne te fous pas de moi, ça va. Pour une fois qu'on ne bouffe pas des chips, le cul coincé entre deux bureaux, on a le droit de profiter un peu. C'est nous le cirque, c'est ça ? Ce n'est pas faux ; mais ça va Étienne ? T'as pas l'air bien...
Tu es tout pâlot.

Étienne ne pensait plus qu'à son caleçon fourrageant sa raie qui le grattait, il aurait juste fallu qu'il soulageât sa gêne, et David de le questionner si ça s'était bien passé avec Katia ce matin, parce qu'elle avait l'air assez soucieuse, en rogne, et David de rafler, en même temps que d'arborer son air de connivence, d'autres coupes de champagne, par brassées, par bouquets, de les distribuer à la ronde, tiens Aurore, tiens Béné, Étienne, c'est toujours ça que les boches n'auront pas, du vin et des jeux, et Étienne y vit un créneau, il se rapprocha de David pour lui parler à l'oreille, ce qui plaçait son corps de trois quarts en même temps pile que le serveur se présentait au groupe de derrière, et il calcula qu'il y avait forcément un angle mort, alors de sa main droite, il passa son doigt à travers la toile du pantalon pour déloger le caleçon, ça lui fit une décharge de bien-être, putain, il l'avait mérité, il fallait maintenant aller jusqu'au bout du subterfuge, alors il improvisa à l'oreille de David que Katia avait remis en question des aspects de son travail, et pris dans la nasse de son exhibition fortuite, de la manifestation de la vérité, d'une vapeur de champagne, il s'ouvrit à son collègue, en lui demandant si lui, à tout hasard, se pouvait-il qu'il trouvât aussi que ses corrections posaient parfois un problème, est-ce que par hasard il en faisait trop ?

Mais avec le bruit ambiant, Étienne parlait très fort ; David se recula, incommodé, bredouillant : Écoute, mon vieux, je ne sais pas, ce n'est pas le moment, là, non ? On picole, on rigole aux frais des nouveaux commandeurs. Amuse-toi, décompresse, on est tous sur la sellette. Et Aurore, qui avait tout entendu, de feuler : Allez, on va danser ! Pas de prise de tête ce soir !

Étienne remit son sourire, lèvres-pincées-sans-dents en place, les tempes étranglées contre son cerveau, il trinque, trinque, trinque, et de se diriger, entraîné par le flux d'énergie de son petit groupe, vers la masse considérablement agrandie maintenant des danseurs, tout là-bas, de l'autre côté, derrière les tentures bleues, on se faufile, on salue de loin avec des gestes de reconnaissance excessifs, comme les mouvements de bras d'une chorégraphie de Pina Bausch, on jette des clins d'œil, un autre serveur s'interpose, un autre plateau garni,

Étienne se demanda s'il avait jamais su faire ça dans sa vie lui aussi, à un moment donné, jouer la décontraction sans même y penser. Il est saisi d'une piqûre d'injustice transperçant son crâne, de se sentir piégé par le regard de ses collègues qui ne l'aiment pas, qui le côtoient sans rien savoir. Lui aussi, il peut vivre, il est caustique, il a du charme. Il y a trois ans, Vive avait voulu le quitter, il s'était battu, parce qu'il était hors de question qu'elle parte, il avait tout construit avec elle, elle était le seul souffle qu'il tolérait dans sa gorge, il n'y avait rien en dehors d'elle. Il n'était pas un imbécile, il entrevoyait ce qui se tramait, elle essayait de se détacher de lui, à nouveau. Elle voulait le laisser tomber.

Trois ans plus tôt, il avait pris tous les coups sans broncher, il avait tout accepté, quoi, il n'était pas facile à vivre ? D'accord. Il avait ses habitudes ? D'accord. *Il n'était pas encourageant. Il n'était pas surprenant. Il n'était pas marrant. Il était radin, grincheux, fragile, froid. Psychorigide.* Elle répétait ça, sorti d'un manuel de psychologie à trois francs six sous : « Étienne, tu es psychorigide. »

Étienne avait encaissé le moindre de ses mots, leur couleur qui lui brûlait l'estomac et la vessie, il y avait été bien obligé quand Vive avait enfin sorti des valises, comme sur la scène d'une pièce de vaudeville, pour y entasser des vêtements pris au hasard de leur penderie, pour lui montrer : Je pars, je peux partir, et tu seras tout seul, tu ne me mérites pas.

Elle était partie. Vingt-sept jours.

Étienne avait cessé de travailler – son médecin généraliste lui avait signé un arrêt de travail, le premier de sa vie. Et il avait entrepris de faire l'assaut de leurs connaissances communes, mortifié, car Vive ne répondait plus à son téléphone. Il exigeait de savoir où elle était, ce qu'ils savaient de la situation, l'avaient-ils vue, lui avaient-ils parlé ? Il suppliait. Quand les amis ne répondaient pas, il débarquait à leur porte. Les amis ouvraient, préparaient une prévisible cafetière ou sortaient une bière. Il n'y en avait pas tant, des amis communs. Gala. Constantin et sa femme Florence, Vincent.

Que lui avaient-ils dit ? Rien que de très banal, parce que c'est banal le mal-être. Laisse-lui du temps. Elle a besoin d'air. Elle a le sentiment que vous ne parvenez pas à communiquer. Constantin avait dit cette phrase : « Ça doit être la crise de la quarantaine. »

Et sa femme, Florence, l'avait regardé avec un franc mépris quand il avait sorti cette parade, lui signifiant par une moue discrète sa lâcheté d'homme.

Comme s'ils étaient tous au courant de quelque chose que lui, Étienne, ignorait. Qu'il n'était pas affranchi, qu'il était exclu de la confidence. Comme à la fac. C'était le plus terrible. De se sentir la victime d'une coalition qui ne disait pas son nom. Lui rappelant la cour d'école, quand les enfants populaires ont tranché à votre sujet, ont décidé à l'unanimité de votre insignifiance, et vous ont désigné paria, une croix invisible ceignant votre front. Sans une explication. Sans jugement motivé.

On pouvait reconnaître à Gala ou Florence, ses amies femmes, d'être un peu plus courageuses : elles avaient tenté de lui dire des choses désagréables.

Ça fait longtemps qu'elle te prévenait, tu n'as pas entendu ou compris que ça n'allait pas pour elle. Peut-être étais-tu…

Obtus ? Fermé ? Égoïste ?

Possessif, capricieux, étroit d'esprit ?

Chiant.

Mots verts, mauves, violets, crachotants.

Au quatorzième jour de sa disparition, Étienne, qui avait perdu quatre kilos et demi, était parti sonner chez les frères de Vive ; il avait effectué la tournée des provinces, aucun n'habitait Paris.

Il avait loué une voiture dans une petite guérite d'une marque ayant pignon sur rue, avec un comptoir blanc, une plante suppliante et une bonbonne d'eau bleu clair. Étienne avait le permis depuis ses dix-huit ans, mais n'avait plus conduit depuis des années, Parisien, sédentaire, peu intéressé par les vibrations d'une carlingue sous son coccyx. Les trois frères de Vive étaient à leur vie lointaine, avec des boulots corrects, des nichées d'enfants, des gentillesses entretenues pour les fêtes, les naissances et les quelques événements prégnants (promotion, dépression) ; ils s'entendaient tous bien avec leur petite sœur, mais on n'était pas proche.

Vive avait été une enfant qui s'invite par accident quand les parents n'ont plus l'âge d'en avoir, et ne songent plus à se protéger les rares fois où ils remettent le couvert. Elle avait été choyée, seule fille de la fratrie, la petite dernière inattendue, qui ramène une pagaille gamine dans une famille qui n'en a plus l'habitude, l'isolant aussi, *de facto*, de grands frères non dénués de tendresse mais déjà partis à leur vie.

Ils avaient joué leur rôle de beaux-frères, ouvrant la porte à cet homme pas bien méchant, Étienne Lechevallier, qu'ils ne connaissaient pas en vérité, mais qu'ils avaient estimé en son temps suffisamment décent pour s'ôter le souci de la petite sœur. Ils avaient quand même été étonnés de ne pas être invités à leur mariage, un peu blessés, sans l'avouer à haute voix et sans faire d'histoires, du choix de Vive de contracter ce mariage sans eux, et de le faire à la sauvette en se passant de réception, de discours et de famille. Mais ils n'en avaient pas pris ombrage outre mesure, Vive avait toujours été l'originale, avec des goûts pour la chose artistique, une fantaisie toute féminine, pensaient-ils à l'unisson, les trois frères, sans états d'âme excessifs. Ils avaient pu être surpris, au bout d'un moment, que ne vienne pas d'enfant. C'était censé rythmer les années qui passent, être des marqueurs du bon cours des choses, est-ce que leur sœur n'en voulait pas ou ne pouvait pas, ce n'était pas une question qu'ils avaient posée lors des quelques Noëls résistants pour lesquels leur famille parvenait encore à se réunir chez l'un ou l'autre, où on mangeait des huîtres et s'offrait des écharpes. Leurs parents étaient morts, il n'y avait plus de tour de contrôle pour que les gouttes d'information ruissellent jusqu'à eux.

Non, Vive n'était pas chez eux, ils ne savaient pas où elle était ; Étienne voulait-il rester dîner ? Il était toujours le bienvenu. Mais que se passait-il ? Rien d'inquiétant ?

C'était trois ans plus tôt, et lui revenait maintenant ce poème, à Étienne, alors qu'il se frayait un sentier dans la foule de la fête pour rejoindre la piste de danse, ce poème qui tourniquait dans une zone grise de son crâne :

Ayant poussé la porte étroite qui chancelle,
Je me suis promené dans le petit jardin
Qu'éclairait doucement le soleil du matin,
Pailletant chaque fleur d'une humide étincelle.
Rien n'a changé. J'ai tout revu…

Des vers lui manquent, il l'a su par cœur un jour, *Après trois ans* de Paul Verlaine, qu'il aimait tant quand il était en fac de lettres, dont il aurait rêvé de faire son sujet de mémoire, s'il avait été un peu plus téméraire, un peu plus au courant ; qu'il aimait peut-être toujours autant, mais il n'y pensait pas, il n'y pensait plus,

Les roses comme avant palpitent ; comme avant
Les grands lys orgueilleux se balancent au vent,

Verlaine qui avait écrit les plus beaux vers de la poésie française, en sourdine, en demi-teinte, des haleines de fantômes bousculées par des allées et venues de dentelles vagues, de lunes à demi, de fantasmes inavouables, de cœurs à jamais indécis, Paul Verlaine qui pouvait foutre des roustes de l'enfer à sa femme Mathilde Mauté, et tenter même de l'étrangler à l'occasion.

Le *goodies bag*

Étienne l'avait découverte là, Vive, bien éclairée, au milieu de la piste, à se trémousser à l'unisson de corps inconnus ; il avait deviné au léger faux rythme de certains de ses mouvements le degré exact de son état d'ébriété. Ses mèches fouettant l'air, il avait bien vu à cet instant précis qu'elle avait changé sa putain de coupe de cheveux, comment ne s'en était-il pas aperçu deux jours plus tôt au vernissage de Sigmar Polke ? Que s'était-il passé pour que cette semaine qui s'annonçait presque routinière se dégrade à ce point ? D'abord cette défection traîtresse pour le concert de Mahler, puis Katia Rollman qui anéantissait son travail, et le pire : cette scène que Vive lui avait infligée à cette terrasse de café, devant tout ce monde qui devait rire sous cape autour d'eux ; les gens avaient vu, tout entendu de son ignoble manière de le traiter. Et maintenant Étienne, à la contempler danser sans retenue, sans un souci pour lui ou son statut, se sentit trahi, assiégé par l'humiliation. Il lui était nécessaire de partir au plus vite, récupérer sa femme de gré ou de force et foutre le camp.

Ses collègues, David et les autres, s'étaient déjà fondus dans le charivari, le laissant derrière, l'ayant déjà oublié, comme s'il n'était qu'un détail. Étienne, le corps soumis à la tension d'une mise à feu, alla chercher Vive. Il dut se composer un air naturel et sympathique, puis avança en rythme ternaire en faisant des moulinets d'épaules dans sa direction. Parvenu sans trop de casse à l'objectif, il se campa devant elle, dispensant pour l'audience un jeu de jambes qui se voulait bien balancé et décontracté, lui qui ne dansait jamais,

Vive, elle, continuait, imperturbable, à jeter les bras en l'air et chahuter sa nuque à décrocher son crâne comme si sa vie en dépendait. Étienne gardait le sourire et tentait d'accrocher les yeux de sa femme, sans succès, alors il saisit une de ses mains, en connivence de circonstance, et la fit tourner, dans un geste de rock malhabile ; Vive, bonne joueuse, accompagna son impulsion et planta enfin son regard brouillé dans le noir des yeux d'Étienne, qui avait cette particularité attirante et angoissante d'avoir la couleur de l'iris si sombre qu'elle se confondait avec la pupille.

– Viens, on se casse maintenant,

lui chuchota-t-il à l'oreille. Et ce n'était pas son genre de trancher ainsi les nœuds avec vulgarité. Mais Vive, point décontenancée, continua à se contorsionner, à l'aise, sûre d'elle et maîtresse de son caprice. Poupée inamovible.

Étienne ne dansait jamais, car il n'aimait pas ça, n'ayant jamais ressenti ce plaisir qui paraissait si largement partagé de s'animer comme toupies devenues folles à la moindre montée sonore ; il vivait la musique, en profondeur, mais il avait besoin de concentration pour cela, d'ascèse. Certainement pas de gesticulations.

Il avait cependant dansé une fois avec Vive, vraiment dansé, s'entend.

Cela remontait bien à cinq ou six ans. Il était au salon, il avait travaillé tard sur un texte coriace, qui ne voulait pas rendre gorge, il s'était échiné des heures à lui fouiller les entrailles ; il s'était arrêté et écoutait de la musique avec un casque dans le noir, quand Vive était rentrée – d'où venait-elle ? il ne s'en souvenait plus, peu importe. Elle avait elle-même, fichés au fond des oreilles, des écouteurs – qu'écoutait-elle ? il ne le sut jamais. Elle se mit, dans la pénombre, à danser devant lui, lentement, concentrée, comme un animal parfait, et le tira de son fauteuil ; une fois qu'il fut relevé, elle serra ses mains, comme on saisit une bride, elle l'attira dans son sillage vers le balcon, dont la porte-fenêtre était entrouverte, ils se retrouvèrent dehors, en équilibre sur un minuscule balconnet parisien, mais qui fichait ce qu'il fallait de vertige, il faisait doux, sa chemise était déboutonnée, et, chacun perdu dans sa propre transe, ils trouvèrent un rythme, un alphabet commun de lâcher-prise, chacun ses écouteurs enfoncés dans les tympans et diffusant deux mondes, lui sur Ravel, elle dans son jardin secret, leurs corps se trouvaient, et Étienne dansa, comme jamais,

perdu en elle,

seul et ensemble, en même temps, alignement absolu.

– On se casse, maintenant,

réitéra-t-il en quittant la piste, elle se décida à lui emboîter le pas. Il en fut extraordinairement soulagé, mais n'en montra rien.

– Il faut récupérer nos affaires au vestiaire.

– Pourquoi tiens-tu absolument à partir maintenant, après m'avoir bassinée depuis des semaines avec cette soirée ? Tu es vraiment cinglé.

– Et toi, tu es bourrée. Tu te donnes en spectacle devant tous mes collègues.

– Je ne sais vraiment pas pourquoi je te suis.

– Peut-être parce que c'est la soirée de MON groupe et que tu n'as rien à y faire d'autre que de me soutenir ?! Mais vas-y, reste ! Offre le show à toute la compagnie !

– C'est un mot anglais, ça. Tu te relâches, qu'est-ce qui t'arrive, Étienne ? Ça y est, tu desserres un peu ta cravate.

– Tu es incroyablement désobligeante. Cette soirée est une catastrophe, par ta faute.

– Tu sais quoi ? Va t'enfermer quelque part à écouter Mahler en boucle, et lâche-moi une bonne fois pour toutes.

Étienne aurait grandement aimé la traiter de sale pute, il ne le fit pas, il continua à sourire à l'intention des regards croisés dans la foule, bien droit à hauteur de sa femme, il avait choisi pour ce soir un costume en lin bleu, approprié pour un mois de juin, léger mais de bon genre, il imaginait le tableau qu'ils devaient former avec Vive, il ne parvenait à voir qu'une robe noire et un costume de lin côte à côte, marchant sans tête et sans pieds, des déguisements de squelettes réduits en poussière, dans quel poème Verlaine parlait-il de juin ? Il en avait su tant par cœur, il avait eu le temps de les lire et relire à la fac, il y avait ce poème où Paul parlait de sa femme, dans le recueil *La Bonne Chanson* qui lui était consacré, où il mentionnait juin, Étienne se concentra, des vers trop connus de Rimbaud lui venaient et brouillaient sa mémoire, comme des parasites, il n'appréciait pas Rimbaud, l'odieuse comète,

c'était un poème où il parlait d'une robe verte, ça venait… *Un jour de juin que j'étais soucieux, / Elle apparut souriante à mes yeux.* Mais non, ce n'était pas ceux-là qu'il cherchait à retrouver, c'étaient les vers d'un autre poème, datant de la période mystique de Verlaine, bien plus tard, après Mathilde, après Rimbaud, après la prison, après tout… *Mois de Jésus, mois rouge et or, mois de l'Amour, / Juin, pendant quel le cœur en fleur et l'âme en flamme*, Étienne était mitigé sur les vers de la période bondieuseries de Verlaine, il l'avait toujours trouvée surjouée, pleine à craquer de fausses notes, mais peut-être l'aimait-il pour ça, parce que le poète essayait avec tant d'ardeur d'être quelqu'un d'autre que lui-même ; ils atteignirent le vestiaire, facile d'accès à cette heure-ci ; Vive récupérait son sac à main quand Étienne remarqua une large table recouverte de sacs dorés qui n'étaient pas là quand ils étaient arrivés.

Une jeune femme en uniforme se tenait debout derrière la table, prête à servir. Étienne, l'esprit confus, s'enquit aimablement de cette profusion de sacs garnis, et s'entendit répondre qu'il s'agissait des *goodies bags*. Il ne comprit pas. Vive, arrivée à sa hauteur, lui expliqua qu'il s'agissait de *sacs de cadeaux*. Alors Étienne en saisit un, avec fermeté, quand la jeune femme, gênée, tenta de lui expliquer qu'elle était désolée, mais que ce n'était pas pour tout le monde. Étienne, ne lâchant pas le sac doré qui pesait son petit poids de merveilles, demanda à qui ils étaient destinés alors, si ce n'était pas pour tout le monde. Pardon, monsieur, il y en a un nombre limité, ils sont pour les VIP, répondit la stagiaire, de plus en plus mal à l'aise. Vive lui intima de lâcher le sac, et commenta à part elle, mais à haute voix, qu'elle ne savait pas lequel des deux se donnait le plus en spectacle.

– Moi, je ne suis pas important ?

– Pardon monsieur, c'est une expression, ce sont les consignes que l'on m'a données... Pouvez-vous reposer le sac...

– Mais VOUS, comment savez-vous que je ne suis PAS important ? Hein ?! À quoi le voyez-vous ?

Vive, au comble de l'embarras, partit d'un coup, abandonnant son mari. Étienne, gardant le sac à la main, lui courut après, criant à sa femme : Mais attends-moi !

Enfin, ils sortirent du cirque, Vive se dirigeait, d'un pas furieux, vers une borne de taxis, et Étienne lui lançait : Alors, tu vois, je l'ai pris le sac ! Le *goodies bag* ! Pourquoi n'aurais-je pas droit au *goodies bag*, moi aussi ?! Je ne me suis pas laissé faire. C'est un scandale, on trie les gens, on les étiquette, on leur coud une couleur distincte sur la poitrine !

Vive Lechevallier, dessaoulée d'un coup, ne lui jeta aucun regard quand elle claqua la porte du taxi, le laissant planté sur le trottoir dans son costume froissé maintenant – c'est le problème avec le lin, c'est beau, mais ça ne tient pas.

Étienne resta figé sur le trottoir, seul, avec sa pochette-surprise à la main d'où dépassait la tête d'une bouteille de champagne, illuminée par l'éclat de fleurs tapageuses en papier brillant.

Vendredi, 13 h 17,
Brigade criminelle,
36, rue du Bastion.

– Nous allons revenir un peu en arrière, si vous le voulez bien. Pour vous aider à retrouver vos souvenirs, d'accord ? Alors. Vous aviez une fête professionnelle mercredi soir à laquelle vous vous êtes rendu avec votre femme.

– Oui.

– Le lendemain, jeudi, vous n'êtes pas allé travailler. Pouvez-vous me raconter pourquoi, jeudi, vous ne vous êtes pas présenté à votre travail ?

– Je travaille chez moi, la plupart du temps. Je suis à temps partiel.

– D'après nos informations, vous étiez pourtant attendu jeudi à la maison d'édition où vous êtes employé, les éditions de l'Instant fou, et vous ne vous êtes pas présenté. Ce qui, d'après vos collègues, n'est pas dans vos habitudes.

– Avec quels collègues avez-vous parlé ? Qui vous a raconté tout ça ?

– Voulez-vous me dire ce que vous avez fait dans la journée de jeudi, monsieur Lechevallier ?

– Je ne devais pas aller au travail jeudi, ils se trompent sans doute. Il faudrait que je vérifie sur mon agenda, pour être sûr. Avez-vous mon agenda ? Il est en cuir…

– Voulez-vous nous raconter ce que vous avez fait dans la journée de jeudi, au lieu de vous rendre à votre travail ?

– Je suis resté chez moi.

– Toute la journée ?

– Oui.

– Qu'avez-vous fait chez vous ?

– J'ai lu.

– Vous avez lu toute la journée ?

– Oui. Que voulez-vous que je clarifie ? J'ai dû aller aux toilettes aussi, et j'ai mangé un truc dans le frigo, j'ai pris une douche, je me suis habillé, rasé. Vous le notez bien sur le PV tout ça ? Voulez-vous savoir combien de fois j'ai uriné dans la journée ?

– Votre femme était avec vous ?

– Non.

– Où était-elle ?

– Mais je ne sais pas. Je n'en ai pas la moindre idée.

– Votre femme était attendue à dix heures à la médiathèque Simone-de-Beauvoir dans le XVIIIe arrondissement, où elle est employée deux jours par semaine. Elle ne s'y est pas présentée. Savez-vous pourquoi ?

– Non.

– Mercredi soir, vous vous êtes rendus ensemble à une fête au musée des Arts forains, organisée par votre employeur, c'est exact ?

– Oui, je vous l'ai déjà dit dix fois.

– Que s'est-il passé pendant cette fête ?

– Rien de spécial. C'était une fête.

– Racontez-moi avec vos mots, s'il vous plaît, ce qu'il s'est passé pendant cette fête, ce dont vous vous souvenez, même des éléments qui vous semblent sans importance.

– Il y avait beaucoup de monde. Ce n'étaient pas simplement les gens qui travaillent avec moi à l'IF… L'IF, c'est L'Instant fou, ma maison d'édition. En fait ma maison a été rachetée par un gros groupe il y a six mois, ainsi que d'autres petites maisons d'édition indépendantes. C'est à ce moment-là que j'ai été obligé de passer à temps partiel… Hier soir, pardon, mercredi soir, le groupe faisait une fête avant les vacances d'été pour tous les salariés. Pour nous museler.

– Vous museler ?

– Oui, nous endormir, nous faire taire. Ils organisent une fête fastueuse pour nous passer de la pommade pendant qu'ils nous assassinent.

– Qu'ils vous assassinent ? C'est un choix de mot particulier. Vous vous sentez assassiné ?

– C'est une image. Vous comprenez ce que je veux dire. Vous êtes quoi ? Un adepte de Lacan ?

– Revenons à la fête du groupe, d'accord. C'était

donc une belle fête. Qu'avez-vous fait avec votre femme pendant la soirée ?

– Ce n'était pas une belle fête, c'était une orgie, les gens se comportaient comme des animaux. Vive a beaucoup bu.

– Et vous ?

– Non, juste un peu. Je n'aime pas trop boire.

– Et ensuite ?

– Eh bien, on a dansé, on a parlé avec des gens. On a fait du manège…

– Vous avez fait du manège ?

– Oui, enfin, c'est un musée avec d'anciens manèges, les gens peuvent les utiliser, vous me demandez d'être exhaustif, alors je vous précise, oui, même si c'est ridicule, que Vive et moi ayons fait du manège. Voilà.

– Ensuite ?

– On a décidé de rentrer à la maison.

– Vous êtes partis à quelle heure ?

– Je ne sais pas, vingt-trois heures, minuit, peut-être, je n'ai pas fait attention.

– Vingt-trois heures ou minuit ?

– *À cette heure de nuit indécise et maussade.*

– Pardon ?

– C'est un vers de Shakespeare.

– Ça vous amuse ?

– Non. C'est juste que votre question me faisait penser à ce vers, c'est tout. C'est dans *Othello.*

– Vingt-trois heures-minuit, c'est assez tôt pour une grande fête. Pourquoi vouliez-vous partir ?

– C'était une fête professionnelle, je n'allais pas me rouler sur le sol et grogner comme un porc devant mes collègues toute la nuit.

– Nous savons que vous vous êtes disputé avec votre femme ce soir-là, monsieur Lechevallier. Plusieurs personnes en ont témoigné. Voulez-vous me raconter ?

– Ah bon ? Et qu'en savent-ils, les gens ? Ils sont dans mon couple ? Ils sont dans ma tête, les gens ? Personne ne me connaît dans cette boîte, personne ne me considère, et soudain ils savent tout de moi ? C'est inouï. Je ne sais pas ce qu'on vous a dit, mais c'est n'importe quoi.

– Étienne, on n'avance pas là. Nous sommes très patients, mais ça va commencer à aller mal pour vous. Moi, je veux bien vous aider, d'accord ? Comprendre ce qu'il s'est passé. Nous savons qu'au moment de quitter le musée, vous vous êtes disputé avec Vive, vous étiez en colère, vous avez crié sur une jeune femme qui travaillait à l'accueil, elle a vu votre épouse partir sans vous et vous lui avez couru après. Est-ce exact ?

– C'était à cause du *goodies bag*. Pas à cause de Vive.

– Très bien, expliquez-moi.

– Il y avait des *goodies bags*. Attention, je reprends le terme ! Ma science est neuve ! J'étais perplexe comme vous. Ce sont des cochonneries qu'ils offrent quand on part d'une soirée, vous voyez ? Bon. Vous voyez, je pense. Alors moi, je trouvais ça injuste qu'ils offrent des cadeaux à certaines personnes et pas à d'autres. Ça doit être pour tout le monde pareil, non ? Je me suis un peu énervé. J'ai pris le cadeau. J'en ai marre qu'on me marche dessus à tout bout de champ. Et Vive, je ne sais pas, elle n'a pas voulu me soutenir, elle est sortie d'un coup pendant que je parlais à la jeune femme et je l'ai suivie, je l'ai rattrapée.

– Vous l'avez rattrapée dans la rue ?

– Oui.

– Ensuite ?

– Elle a pris un taxi.

– Seule ?

– Oui.

– Elle était en colère contre vous, donc ?

– Nous nous étions un peu disputés plus tôt dans la soirée, avant d'aller à la fête.

– Très bien, on avance. Pouvez-vous me raconter pourquoi vous vous étiez disputés plus tôt ?

– Pourquoi vous dites ça comme ça : « On avance » ? On avance sur quoi ? Est-ce que vous m'écoutez vraiment ? Vous vous en foutez de ce que je raconte, non ?

– Monsieur Lechevallier, je vous écoute avec beaucoup d'attention. Voulez-vous bien m'expliquer pourquoi vous vous êtes disputé plus tôt dans la soirée du mercredi avec votre femme ?

– Je ne sais pas vraiment pourquoi… Elle s'est énervée brusquement, sans raison préalable. Elle était… très désagréable. Elle m'attaquait. Alors que l'après-midi je l'avais eue au téléphone, tout était normal. Et qu'en plus je passais une mauvaise journée ! Une femme avec qui je travaille m'avait fait un procès d'intention complètement fallacieux. Bref, ce n'était pas simple et j'ai eu Vive au téléphone, et ça allait bien. Comment vous dire… Je ne m'y attendais pas du tout. D'autant qu'il était prévu que nous allions à la fête, tout était sur des rails. Il ne s'était rien passé. C'est difficile à relater, une dispute, parce que… parce que c'est irrationnel, vous ne pensez pas ?

– Et vous, qu'avez-vous fait ?

– …

– Monsieur Lechevallier, je récapitule : Vous vous étiez disputés, votre femme a décidé de partir sans vous après la fête. Elle a pris un taxi. Qu'est-ce que ça vous a fait ? Vous étiez en colère contre elle ?

– Non… enfin oui.

– Oui ou non ?

– Oui, j'étais en colère, c'est naturel, non ?!

– Qu'avez-vous fait à ce moment-là, autour de vingt-trois heures-minuit, mercredi soir ?

– C'est compliqué.

– Qu'est-ce qui est compliqué ?

– Ce n'est pas que je ne veux pas aider, tout cela est extrêmement gênant, absurde, je ne comprends pas ce qui m'arrive.

– C'est à votre femme qu'il est arrivé quelque chose monsieur Lechevallier.

– …

– Elle est morte. Elle a été tuée, très brutalement.

– …

– Ce n'était pas de la suie sur vos mains, monsieur Lechevallier, vous le savez. Vous n'étiez pas en train de jouer à un jeu. Vous étiez couvert de sang quand mes collègues sont arrivés chez vous dans la nuit de jeudi à vendredi.

Augustin d'Hippone

Étienne a tapé contre la portière du taxi de Vive comme dans un film, c'est ce qu'il a pensé presque en même temps que d'effectuer ce geste : Je fais quelque chose que je n'ai vu faire que dans les films, je tape de mon poing une porte de taxi qui démarre, parce que je voudrais qu'elle reste avec moi, je ne comprends pas pourquoi elle se tait, pourquoi elle me juge, pourquoi cette femme, ma femme, ne me parle pas et m'abandonne.

Étienne s'est dit qu'elle rentrait à la maison, chez eux, et que c'était stupide tout cela, parce qu'ils allaient regagner le même endroit, se retrouver en fin de compte, qu'ils habitaient ensemble, qu'on ne se défilait pas de cette manière, c'était une coquetterie, une violence, un déraillement, ce qu'elle faisait, s'enfuir, était vain, alors pourquoi ?

Il prit conscience qu'il avait oublié de prendre sa veste ; est-ce que Vive l'avait récupérée ? C'est elle qui était allée chercher leurs affaires pendant que lui parlait à la jeune fille des *goodies bags*. Comment pourrait-on traduire cette expression : *goodies bag* ? s'interrogea-t-il. Un sac bonheur ? Un sac bonbons ? C'était peut-être le mot le plus juste, des bonbons, ce qu'on donne aux enfants pour leur procurer une décharge de joie, d'adrénaline, une récompense, comme un tour de manège, une friandise dégoulinante de sucre, d'ailleurs le mot *goodies* dégoulinait, on en avait plein la bouche, ça collait aux dents, ça brûlait dans la gorge.

Il avait oublié de prendre sa veste, comment savoir si Vive l'avait emportée ou si elle était restée là-bas ? Il était exclu d'y retourner pour vérifier, de revenir à l'accueil, de croiser les gens de cette soirée, leurs masques moqueurs, c'était un piège qui se refermerait sur lui. Il était sans veste, sans portefeuille, il n'avait que cette pochette dorée, mirage de merveilles, et son téléphone, il l'avait conservé dans sa poche de pantalon. Il pouvait appeler Vive.

Il appela Vive.

Une fois... Deux fois...

La nuit était chaude, un mois de juin qui préfigurait un été étouffant. Avec Vive, ils partaient toujours en vacances au mois d'août, et même si aucun d'eux n'avait encore pris l'initiative de réserver des billets, il était impensable pour Étienne d'y renoncer. Par ailleurs, il ne pouvait pas digérer qu'elle puisse en avoir *assez* de l'Italie. Après le dîner avec Vincent, Étienne était revenu à l'attaque sur le sujet. Il avait souligné que Rome n'avait rien à voir avec Milan ou Venise ou Capri, et certainement pas avec Florence ! Que c'était ce qui leur avait toujours plu, d'explorer un même pays si varié, si pluriel, mais aussi de retourner dans des lieux déjà connus, déjà aimés, d'éprouver ce qui changeait et ce qui était immuable. Ils parlaient tous les deux italien ! Étienne était un lecteur de Stendhal et c'était lui qui avait initié cette tradition presque une décennie plus tôt en invitant Vive pour leurs premières vacances, dans l'idée de partir sur les traces de l'auteur de *Rome, Naples et Florence*. Ils n'avaient pu visiter les trois villes chéries dès ce premier voyage, mais ils avaient ouvert ce pèlerinage, qui avait continué chaque année, ils se lisaient à haute voix le texte, dans les trains qu'ils empruntaient, et le soir, aux restaurants où ils faisaient halte.

Avec les années, ils avaient lu et relu le livre, sur le même exemplaire qui était devenu froissé et taché avec le temps, un fétiche, une bible. Vive y avait adjoint l'*Histoire de l'art* de Gombrich, pour compléter le rituel, dont elle lisait à haute voix de longs passages quand ils parcouraient la galerie des Offices, le palais des Doges, ou quand ils se tordaient le cou pour admirer le plafond de la chapelle Sixtine ; bœufs parqués au milieu d'une foule qui comme eux cherchait dans la mangeoire esthétique un tout petit instant, une grâce.

Le reste de l'année, ils rangeaient les deux livres voyageurs, Gombrich et Stendhal, dans un coin spécial de la bibliothèque, à part, comme s'ils se reposaient en attendant de reprendre la route. Étienne aimait passer devant et sentir affluer en lui l'essaim d'images et de joie qui leur étaient à jamais associées.

Vive se moquait du rapport que son mari entretenait avec sa bibliothèque, elle avait un temps essayé de s'imposer à ce sujet puis elle lui avait laissé la main, renonçant devant l'ampleur de son investissement émotionnel. Leur bibliothèque était imposante, elle mangeait une bonne partie des murs de leurs quarante-sept mètres carrés, Étienne avait toujours chiné beaucoup de livres d'occasion, doublés d'un fonds déjà imposant qu'il avait hérité de sa mère Dahlia en même temps que l'appartement, Vive y avait ajouté sa collection de livres d'art et de photographie. Étienne avait alors développé la manie de classer sa bibliothèque par ordre alphabétique des titres des ouvrages. Vive soutenait que personne ne faisait cela, que ça n'avait aucun sens. Les ouvrages d'un même auteur se trouvaient dispersés aux quatre vents, les gens, les genres et les siècles se mélangeaient, pour elle un classement devait apporter de l'aide, de la clarté, une lecture d'ensemble. Mais Étienne aimait cette lecture poétique où les *Confessions* de Rousseau se trouvaient accolées aux *Confessions* d'Augustin d'Hippone, où *L'Œil le plus bleu* de Toni Morrison rencontrait *L'Œil qui écoute* de Paul Claudel. Un réseau invraisemblable d'intertextualité jaillissait pour Étienne de ce méticuleux classement, sa bibliothèque ne ressemblerait jamais à aucune autre, elle était vivante comme un animal rebelle. Comment veux-tu retrouver un bouquin là-dedans ? se plaignait Vive. Critique qu'il n'entendait pas, puisqu'elle n'avait qu'à chercher à la bonne lettre du titre. Mais où fais-tu commencer le titre ? Au premier nom, ou au déterminant ? renchérissait-elle. Au nom, à l'évidence, ou à l'adjectif, mais il y avait bien sûr des cas particuliers, c'était la beauté de son rangement vivant et organique. Et si je cherche un livre, mettons, de John Le Carré, dont je ne me souviens plus du titre, qu'est-ce que je fais ? demandait-elle. Tu n'as qu'à chercher au mot « Espion », il y a des chances pour que tu tombes dessus, lui répondait-il en riant ; car au début, tout cela, ça les faisait rire ensemble.

Et pourquoi ne ranges-tu pas ta discographie à l'avenant ? demandait-elle. Hein ? Pourquoi mets-tu bien sagement tout Bach ensemble, tout Mozart, tout Haydn... et pas selon les titres de leurs compositions ? Tu n'es pas cohérent.

Il répondait que s'il devait ranger les « concertos » ensemble, ou les « sonates pour piano », ou encore les « symphonies », il y aurait trop de foule, et ça ne créerait pas de compagnonnages intéressants.

Alors Vive avait fomenté une théorie sur la question : La vraie raison, c'est que tu hais les auteurs, tu veux les tuer, les détruire, qu'ils s'effacent, qu'il ne reste que leurs mots. Tu les éclates, les disperses. Alors que tu respectes les compositeurs.

Vive avait fini par ranger ses propres livres dans un autre endroit de l'appartement, le long d'un couloir. Elle faisait comme chambre à part.

C'était une déchirure pour Étienne d'envisager de renoncer à leur rendez-vous italien pour la première fois, il s'était tant réjoui l'été approchant de reprendre leur liturgie personnelle. Et Vive de lui dire qu'elle en avait *marre* de l'Italie ! Ses termes exacts, pauvres, enfantins, qui s'agitaient d'une couleur violette.

Étienne s'imaginait allongé sur une plage à griller à côté d'enfants tapageurs, à peler de coups de soleil et, le soir venu, à regarder des gens déguisés danser le sirtaki, il n'aurait pas été hermétique à l'idée de rendre visite à la grande Athènes, qu'il connaissait mal, mais une île grecque au mois d'août ?

Ils étaient début juin et rien n'avait été décidé, et plus ils attendaient moins les billets et hôtels seraient accessibles pour leurs finances.

Soudain, tandis qu'il marchait au hasard des rues en simple chemise, sans veste et en tenant fermement son *goodies bag* à la main, il ressentit une montée d'angoisse, une peur panique que ces vacances italiennes, ou même grecques, n'aient plus jamais lieu.

Le pôle Nord

Étienne était arrivé en bordure d'un parc, la fraîcheur s'était levée, mais il avait marché vite, avec rage, il n'avait pas froid, il avait appelé cinq fois, dix fois, cinquante fois le numéro de Vive, qui sonnait dans le vide, puis qui ne sonna plus, et il tomba directement sur son répondeur. « Vous êtes bien sur le répondeur de Vive Jonquier, laissez-moi un message et je vous rappellerai. » Il s'était habitué à ce qu'elle n'utilisât pas son nom d'épouse, ni dans sa sphère professionnelle, ni pour son travail de photographe. Mais ce soir, la voix de ce répondeur qu'il connaissait par cœur, à chaque écoute, le blessait. Vive Jonquier, il ne savait pas qui elle était. Il ne possédait que Vive Lechevallier.

Il exista un temps où elle l'entreprenait, bien plus que lui, pour faire l'amour. Vive aimait ça, le sexe, comme la nourriture ou la mer fraîche au mitan de l'été, avec simplicité, sans arrière-pensée, elle pouvait se montrer assez vulgaire mais sans posture, elle ne se mettait pas en scène, elle était crue, désirante. Étienne était plus encombré dans ce domaine, il préférait se laisser porter, mais il avait cette particularité d'être sujet à un somnambulisme érotique. Il n'en avait jamais le souvenir, mais à l'en croire il grimpait sur Vive, sans ambages, au milieu de certaines nuits, dans une transe prise entre la veille et le sommeil, et il la baisait droit au but. Il s'en inquiétait, il s'était demandé si c'était réel ou si elle inventait cela, tant l'oubli de la chose était total chez lui. Il lui disait : Tu devrais me réveiller à ces moments-là, enfin. Verse-moi un seau d'eau froide sur la tête !

Elle en riait. Mais la fois d'après elle ne le réveillait pas, elle se laissait faire, sans doute excitée d'être dominée tout en conservant un contrôle absolu de la situation. Elle jouissait de lui narrer chaque péripétie de l'affaire nocturne, le lendemain matin.

Un jour qu'il repoussait gentiment ses avances – il travaillait à son bureau, elle était venue se frotter contre lui, il n'avait pas la tête à ça – elle avait dit, sans rancœur, toujours avec ce fond de joie qui la caractérisait : Mais pourquoi tu ne veux pas ? Même cinq minutes ? Je ne te demande pas d'aller au pôle Nord !

Et c'était resté, comme un langage sibyllin entre eux, un code : *Et si on allait au pôle Nord ? Emmène-moi au pôle Nord ! C'était chaud hier soir au pôle Nord.*

Vive lui achetait de temps en temps un bonnet, des moufles ou une écharpe qu'elle posait sur son bureau, avec toujours accrochée au cadeau la même petite carte où elle écrivait : *Pour nos voyages au pôle Nord*. Un soir tard où ils regardaient la télé, ils étaient tombés par hasard sur un documentaire sur le vrai pôle Nord, un de ces intrigants programmes arides et scientifiques qui ne trouvent un passage que sur d'obscures chaînes vers trois heures du matin, tant ils sont pointus ; ils avaient rarement autant ri, Vive et lui, en regardant ce film signé d'un réalisateur au nom scandinave imprononçable, dont chaque commentaire technique suscitait malgré lui un double sens graveleux.

Quand les choses avaient tourné aigre entre eux trois ans plus tôt, Étienne s'était vu chuter. Il avait alors tout fait, tout accepté, n'avait discuté aucun des torts qu'elle lui épinglait sur le corps, tant il se refusait à l'idée de séparation. Il ne s'était confié à personne durant cette période, camouflant chaque tremblement. Et Vive était revenue.

Étienne pénétra un peu engourdi dans le jardin du parc de Bercy, vide à cette heure-ci, étrangement calme. Les petits bancs et les tonnelles en bois au bord des bassins lui firent penser au Japon. À un Japon qu'il fantasmait probablement, il n'avait jamais visité ce pays. Il s'assit au bord de l'eau et ouvrit son *goodies bag*. Il était à lui, personne ne pourrait lui prendre. Personne n'avait le droit de le lui enlever.

Il découvrit une bouteille de champagne d'une

marque de luxe, une crème pour les mains, une autre pour le visage – antivieillissement –, une cravate fine et un rouge à lèvres sang dans un étui noir et doré. Il fit sauter le bouchon du champagne, qui alla plonger dans l'eau avec un *plop* élégant. Et en prit une grande rasade au goulot, avec le ravissement d'un Néron boutant le feu, enfin.

Il dévissa le bâton de rouge à lèvres et en admira la texture lisse et voluptueuse, où avait-il lu qu'on utilisait de la graisse de porc pour le fabriquer ?

Vive en utilisait peu, elle chargeait plus volontiers ses yeux au mascara noir, laissant sa formidable bouche au naturel. La pulpe de sa lèvre supérieure se jetait à la face du monde et sa ligne de crête rejoignait les sommets en lui dessinant sous le nez deux excitants accents circonflexes.

Bouche de salope. Il reprit une rasade de champagne de riches.

Alors, avec le bâton de maquillage toujours dévissé, Étienne entreprit de dessiner des ronds, des croix et des carrés sur ses joues, à l'aveugle, comme au jeu de la suie sur les assiettes, trente ans plus tôt. Es-tu un menteur ? Un carré ! Es-tu un traître ? Une croix !

Il retournait à sa petite bouteille, excité de s'étourdir, lui qui ne buvait jamais seul, cette transgression lui apportait la sensation grisante d'effacer sa vie, d'en être le maître absolu, de n'attendre plus rien du regard des autres, de composer sa propre musique, implacable et déchirante, comme la chanson verlainienne ; il repensa à la cuite de son enfance prise en compagnie de Germinal Lefrey – qu'était-il devenu ce bon vieux Germinal Lefrey ? –, à cette soirée où, adolescent, il avait enchaîné des verres cul sec d'un whisky parental, entouré d'autres adolescents devenus hyènes, se déchaînant comme autant de Satan découvrant leur libre arbitre.

Étienne était tombé du toit du garage de la maison bourgeoise de Germinal Lefrey ; Kurt Cobain hurlait aux enceintes *« I feel stupid and contagious / Here we are now, entertain us »*, sur une impulsion il s'était faufilé par le velux, une jambe après l'autre, et s'était retrouvé en équilibre sur le faîte du toit, torse nu, à goûter la lune, content et ivre ; il avait glissé, il s'était cassé le bras droit. Il aurait aimé casser plus, casser tout, pour que Dahlia le remarque vraiment, sa mère aux idées toujours très larges.

Étienne finit la bouteille de Roederer ce mercredi soir, ôta sa chemise tachée de carmin graisseux qui avait bavé de ses joues, et se laissa glisser sans provoquer une éclaboussure dans l'eau froide du bassin, ne faisant aucun bruit, comme s'il n'existait plus, ou alors si peu.

Vendredi, 17 heures,
Brigade criminelle,
36, rue du Bastion.

PROCÈS-VERBAL

L'an deux mille vingt-trois
Le vendredi 9 juin
à dix-sept heures,

Nous, Souleymane KAROUM
OFFICIER DE POLICE JUDICIAIRE,
Thibault DE BOISSONNIER
OFFICIER DE POLICE JUDICIAIRE
En fonction à la Brigade criminelle ;

Étant en service ;
Poursuivant l'enquête de flagrance ;
Vu les articles 53 et suivants du Code de procédure pénale ;

Pour faire suite à la demande du parquet de PARIS de faire pratiquer une autopsie sur la personne de LECHEVALLIER Violette née JONQUIER, trouvée sans vie la veille à son domicile au 27, rue Emilio-Castelar, 75012 Paris ;

Nous transportons à l'Institut médico-légal de Paris, sis 2, place de Mazas à Paris XIIe aux fins d'assistance à autopsie,

Où étant sur place à 17 h 30,

Nous rendons dans le hall d'accueil du public et prenons contact avec les employés sur place,

Notre carte de réquisition exhibée, notre qualité déclinée et les motifs de notre présence énoncés,

Sommes conduits en salle d'autopsie en compagnie du fonctionnaire photographe de l'Identité judiciaire Thomas PERONI, brigadier-chef, de Mme Haul, médecin légiste en charge de l'autopsie, et de son assistante ;

Constatons la présence sur la table de dissection du corps sans vie de Mme LECHEVALLIER Violette née JONQUIER, enregistré sous le numéro 0547.

Notons que sur les étiquettes d'identification du corps, placées à la cheville gauche et au poignet gauche de la défunte, sont inscrits la taille de 167 centimètres et le poids de 61 kilogrammes.

Précisons que le docteur Haul procède à l'autopsie et aux prélèvements d'usage sur la victime,

Et que ces opérations s'achèvent à 20 h 15 par l'énoncé des conclusions suivantes :

Le décès est la conséquence d'une agression par arme blanche au cours de laquelle la victime a été atteinte à TRENTE-SEPT reprises à l'aide d'un ou plusieurs instruments

piquants et tranchants de dimensions relativement réduites dont au moins un à un seul tranchant, essentiellement au niveau de l'extrémité cervico-céphalique et du tronc.

Ces blessures ont occasionné de multiples plaies profondes, notamment section de la veine jugulaire droite et plaie du lobe supérieur du poumon gauche, à l'origine d'une hémorragie massive multifocale qui est la cause essentielle du décès.

On constate par ailleurs la présence de plusieurs lésions contuses à titre d'ecchymoses récentes notamment du cuir chevelu, indiquant que les blessures par arme blanche ont été précédées ou accompagnées d'actions vulnérantes de type contondant (possibilité de coups),

On note la présence d'une dermabrasion horizontale à la face postérieure de l'avant-bras droit et de l'avant-bras gauche (possibilité de lésions de défense),

Nécessite des investigations toxicologiques complémentaires,

Absence de signe autopsique évocateur de violences sexuelles associées.

Dès lors,
Saisissons et plaçons sous scellés :

Numéro IML UN : La boîte de neuf prélèvements destinés à la toxicologie, prélèvements effectués sur la personne de LECHEVALLIER Violette née JONQUIER lors de son autopsie,

Numéro IML DEUX : Le seau contenant les organes conservés dans le formol destinés à l'anatomopathologie, organes prélevés sur la personne de LECHEVALLIER Violette née JONQUIER lors de son autopsie,

Numéro IML TROIS : Le sang cardiaque prélevé sur la personne de LECHEVALLIER Violette née JONQUIER lors de son autopsie,

Numéro IML QUATRE : Les ongles main gauche main droite prélevés sur la personne de LECHEVALLIER Violette née JONQUIER lors de son autopsie,

Numéro IML CINQ : Le kit génétique prélevé sur la personne de LECHEVALLIER Violette née JONQUIER lors de son autopsie,

Numéro IML SIX : Les SIX écouvillons prélevés sur la personne de LECHEVALLIER Violette née JONQUIER lors de son autopsie (deux anaux, deux vaginaux, deux buccaux).

Nos investigations terminées,
Quittons les lieux, il est 20 h 40,
Dont procès-verbal d'assistance à autopsie.

Yves Klein

Quand Étienne, après sa baignade nocturne, parvint enfin chez lui au 27, rue Emilio-Castelar, de champagne de riches, il n'y avait plus.

De crèmes antivieillissement non plus, il les avait regardées se vider en chemin, en pressant leurs tubes avec méticulosité, tentant sans trop y songer de créer un petit Pollock ou des taches de Klein, pour une âme qui passerait là après lui et qui posséderait fortuitement une sensibilité artistique. Yves Klein c'est de la merde, s'était-il exclamé avec une joie brusque : convoquer des caméras et un petit orchestre pour que des spectateurs regardent des femmes nues et bien faites à qui le peintre demande de se rouler, comme des chiennes rémunérées, dans de la peinture et de se jeter sur un papier blanc, mais pour qui se prenait-il ? Klein n'aurait eu qu'à tremper lui-même sa queue dans le pot de peinture et asperger le mur avec, ça aurait au moins eu le mérite du symbole clair et net. J'éjacule fort, j'éjacule partout, tiens, prends ça dans ta figure !

C'est comme l'Italien dont il avait lu les histoires de procès dans les journaux, qui avait fait faire le vrai boulot par un autre et qui avait donné ses ordres de dictateur inspiré pour sa petite mise en scène. Ça le hantait. Leurs esclaves n'avaient pas de nom. Ni les femmes mises à poil utilisées par Klein, ni ce Français qui reprochait à l'artiste italien très célèbre et très riche de n'avoir pas même eu la décence de le mentionner dans ses catalogues d'exposition. Où en était le procès ? Il voulait savoir !

Il s'imaginait avoir cette conversation avec Vive. Il aimait bien cela, créer des conversations possibles avec sa femme dans sa tête, ça lui arrivait très souvent ; c'était bien, c'était peut-être même mieux que la réalité, de faire lui-même les questions et les réponses. Il savait très bien ce qu'elle lui répondrait :

« Et toi, Étienne, qui tues les auteurs en classant tes livres par titre ? Est-ce que tu n'entreprends pas d'effacer leur nom ? Tu fais la même chose que Maurizio Cattelan avec ce sculpteur français.

– Ce n'est pas le sujet, ce n'est pas pareil ! Et parlons des correcteurs ! Les correcteurs non plus ne sont jamais nommés dans les livres auxquels ils ont contribué », lui dirait Étienne.

Et Vive lui rétorquerait : « Les éditeurs non plus. Parce que c'est le créateur, chéri, et uniquement lui, qui raconte l'histoire. »

Mais moi aussi JE SUIS un créateur ! s'insurgea Étienne, tout seul, debout devant la porte de son appartement.

Vive avait toujours aimé lui porter la contradiction, comme elle exercerait une pratique sportive où elle excellait. Parfois il aurait aimé qu'elle soit d'accord avec lui, ce serait trop demander ? Qu'elle trouvât qu'il avait tout à fait raison, qu'elle soit emplie de leur connivence, conquise, comme s'ils plantaient tous les deux les mêmes boutures de rosiers dans un petit jardin qui leur appartiendrait, contre tout le reste du monde.

Quand il ouvrit la porte de son appartement, libérant la senteur familière de son seul univers, il se réjouit à l'idée de retrouver sa femme en train de dormir, ou, mieux encore, en train de l'attendre et de le voir, lui, apparaître enfin, rentré si tard, trempé de la tête aux pieds, tel un coup de théâtre ; et il se réjouit à l'idée de pouvoir savourer son étonnement.

Mais personne n'attendait Étienne Lechevallier au 27, rue Emilio-Castelar, l'appartement était vide, et morne, comme s'il n'était peuplé depuis longtemps que par des êtres morts.

Vendredi, 22 h 35,
Brigade criminelle,
36, rue du Bastion.

– Revenons en arrière, d'accord ? Parce que je vais vous expliquer une chose simple : il y a beaucoup de trous et d'approximations dans ce que vous nous racontez. Vous nous dites que vous êtes rentré chez vous, seul, après la soirée professionnelle à laquelle vous aviez assisté avec votre épouse. Vous vous êtes disputés, elle est partie. Vous ne saviez pas où. Vous êtes rentré chez vous. Et vous vous êtes couché. C'est ce que vous nous dites. Comment êtes-vous rentré chez vous ?

– J'ai retrouvé le nom du perroquet.

– Je vous demande pardon ?

– Le nom du perroquet de Félicité dans *Un cœur simple* de Flaubert. Qu'elle entend crier après sa mort. Vous vous souvenez ? Il s'appelle Loulou. Le perroquet s'appelle Loulou. Ça m'est revenu, pourtant je l'ai lu il y a vraiment longtemps.

– D'accord. Il s'appelle Loulou, le perroquet, c'est noté. Comment êtes-vous rentré chez vous après la fête de mercredi soir ?

– À pied.

– Ça fait une petite trotte.

– J'avais besoin de prendre l'air et je n'avais pas mon portefeuille.

– Vous aviez laissé votre veste et votre portefeuille au vestiaire. Ce n'est pas commun d'oublier son manteau et son portefeuille. Vous aviez beaucoup bu ?

– Je vous l'ai déjà dit. Non, je n'avais pas beaucoup bu.

– Alors, je ne comprends pas. Vous sortez du musée des Arts forains. Vous devez envisager de prendre un taxi ou les transports en commun, à pied vous habitez approximativement à trente-cinq minutes de marche du musée des Arts forains. Et là, vous devez vous apercevoir que vous n'avez pas vos affaires. Pourquoi ne retournez-vous pas les chercher ?

– Je n'ai pas envisagé de prendre un taxi. Je voulais marcher, je n'habite pas si loin. Je n'ai pas pensé à mes affaires. C'est plus tard que je me suis aperçu que je les avais oubliées.

– Quand ?

– Mais je ne sais pas ! Après. Plus tard.

– Après quoi ?

– Le lendemain.

– Qu'avez-vous fait le lendemain ?

– Je suis resté chez moi.

– Et pourquoi n'êtes-vous pas allé travailler à l'IF, comme prévu ?

– Je vous ai déjà répondu, il a dû y avoir une confusion d'emploi du temps. Je suis à temps partiel. Je pensais que ce jour-là...

– Jeudi.

– Oui, jeudi, je pensais que je pouvais rester travailler chez moi.

– Dans la nuit de mercredi à jeudi, donc le soir de la fête, vous avez dormi seul ?

– Oui. Oui et encore oui. Vive n'est pas rentrée chez nous, j'étais seul.

– Cette nuit-là, du mercredi au jeudi, M. Raval votre voisin qui habite juste en dessous de chez vous a entendu beaucoup de bruit provenant de votre appartement. Si bien qu'il s'est levé en pleine nuit et à l'aide d'un balai a tapé au plafond pour se plaindre du boucan. Pouvez-vous me raconter ?

– Je n'ai pas le souvenir de ça. Je dormais, moi. C'est peut-être d'autres voisins qui faisaient du bruit. Il y a au-dessus de chez moi, dans l'appartement de droite, une colocation de jeunes, ils sont deux ou trois et ils font souvent des petites fêtes. Ce doit être eux.

– Et vous n'avez rien entendu ?

– Non, j'ai le sommeil lourd, et j'avais quand même un peu bu à la soirée, j'étais fatigué.

– M. Raval n'a pas parlé de bruits de rires d'étudiants alcoolisés qui chahutent, il nous a évoqué, très précisément, des bruits de meubles qui tombent et d'objets qui se cassent. Et de la musique. Ça vous évoque quelque chose ?

– Comment pourrais-je le savoir, je n'ai pas entendu.

– La première chose, monsieur Lechevallier, c'est que, cette colocation d'étudiants que vous mentionnez, les jeunes gens n'étaient pas chez eux ce soir-là, le mercredi soir. Ils faisaient bien la fête, mais ailleurs, et ils ont enchaîné en se rendant directement à leurs cours le lendemain matin, ce qui a été corroboré par les gens chez qui ils ont passé la nuit. Une bonne vingtaine de personnes. La seconde chose, et vous ne pouvez pas l'ignorer, c'est que votre propre appartement a été retrouvé dévasté.

– C'est après.

– Qu'est-ce qui est après ?

– Que quelqu'un a dû ravager l'appartement. Mon appartement.

– Quelqu'un ?

– Quelqu'un qui est entré et qui a tout cassé.

– Il n'y a aucun signe d'effraction sur la porte de votre appartement.

– Quelqu'un qui avait peut-être les clés. Vous ne donnez pas vos clés à des gens, vous ? La personne qui fait le ménage, qui nourrit le chat, quelqu'un qui vient arroser vos plantes, et puis voilà, vous oubliez, vos clés se baladent.

– On est déjà passés par là, monsieur Lechevallier. Personne ne fait le ménage chez vous, et vous n'avez pas d'animal domestique, on est d'accord, là-dessus ?

– Oui. Mais peut-être qu'il y a longtemps, quelqu'un faisait le ménage.

– Ça fait presque dix-sept heures que vous êtes en garde à vue, Étienne. Vous devez être fatigué et je le comprends. Mais vous savez, nous on a tout le temps, avec Thibault. Une garde à vue est d'une durée de quarante-huit heures et elle peut être prolongée. Dans votre cas, ça ne sera pas un souci.

– Vous essayez d'intimider mon client.

– Merci maître, ce sera noté au PV. Monsieur Lechevallier, qui aurait pu entrer chez vous pour tout casser et ne RIEN voler ?

– Je vous ai déjà tout raconté. J'ai répondu, je réponds.

– Vous ne me parlez pas de votre femme.

– Je ne l'ai pas vue ! Jusqu'à ce que…

– Jusqu'à ce que ?

– Je la trouve comme ça.

– Comme ça, comment ? Pleine de suie parce que vous jouiez à un jeu d'enfants comme vous nous l'avez dit ?

– J'étais confus. Je ne comprenais plus ce qui se passait. J'ai dit n'importe quoi.

– Donc vous faites bien la différence entre la suie et le sang ?

– Évidemment, je ne suis pas timbré.

– Personne n'a dit que vous étiez *timbré*, nous essayons d'éclaircir vos déclarations. Admettons que votre femme se soit retrouvée seule dans votre appartement dans la journée du jeudi et qu'elle se soit fait attaquer par un ou plusieurs individus. Alors je vous demande, Étienne, où vous trouviez-vous à ce moment-là ? Parce que vous nous avez dit – je reprends le PV d'audition – être resté chez vous, avoir lu, mangé quelque chose dans le frigo, être allé uriner, mais vous n'avez jamais mentionné avoir quitté votre appartement. Donc, comment votre femme s'y est-elle retrouvée agressée sans que vous n'en sachiez rien ? Où étiez-vous ?

– Savez-vous d'où vient cette expression : *être timbré* ?

– Non, je ne sais pas, mais vous ne répondez pas à ma question.

– Ce qui est intéressant, c'est que ce n'est pas clair d'où ça vient. On pense que ça vient des cloches au Moyen Âge, qui émettaient chacune une note distincte, un timbre. Comme le timbre de la voix. Et quand elles étaient abîmées, fêlées, le son n'était plus juste. Dissonant. Et par capillarité seraient nées les expressions : « être timbré » ou « être fêlé »... Pour dire « être fou ». Ça voudrait dire que les fous font simplement un autre bruit que les autres, voilà.

– Oui monsieur Lechevallier, c'est très intéressant ; ce qui est intéressant aussi c'est que dans la nuit de mercredi à jeudi, après la fête, vous avez tenté d'appeler votre femme deux cent cinquante-six fois, et ce entre minuit trente-cinq et cinq heures quarante du matin. Elle n'a jamais répondu, probablement qu'elle ne désirait pas vous parler et aussi parce que, elle, contrairement à vous, elle dormait. Elle est allée passer la nuit chez un de vos amis communs, Vincent de Gazeau. M. de Gazeau nous a déclaré que Vive est arrivée chez lui vers une heure du matin, après lui avoir téléphoné d'un taxi où elle se trouvait seule pour lui demander s'il acceptait de l'héberger, car elle ne souhaitait pas rentrer chez elle. D'après ses dires, je reprends ses termes exacts : elle était en colère contre vous, elle ne vous supportait plus, ça faisait quelque temps que ça n'allait plus entre vous, et ce soir-là elle a décidé de ne pas rentrer, parce que votre comportement était inquiétant.

– Vincent est un ami de Vive, pas de moi.

– Étienne, est-ce que votre femme voulait vous quitter ?

– J'ai d'ailleurs vu Vincent il y a quelques jours pour une exposition de peinture, on a dîné tous ensemble, dans un bistrot chichiteux, tout allait très bien.

– L'exposition de Sigmar Polke.

– Oui, c'est ça.

– Cette exposition a eu lieu lundi soir dernier. M. de Gazeau nous a rapporté que Vive l'avait appelé le mercredi matin, pour lui dire que vous deveniez fou, que vous aviez arraché une affiche de cet artiste qui se trouvait être accrochée depuis longtemps dans vos toilettes et que vous l'aviez déchirée et jetée dans la cuvette, ce qui avait eu pour effet de l'obstruer. Tout cela sans aucune raison. Elle ne comprenait pas votre comportement et s'en est plainte à son ami Vincent de Gazeau par téléphone. Est-ce que ce geste avait un rapport quelconque avec la soirée de lundi soir où vous vous êtes rendus tous ensemble à ce vernissage ?

– La soirée s'était très bien passée, on a dîné, tout allait bien, demandez-lui !

– Il nous en a parlé. Il nous a raconté que vous étiez mal à l'aise ce soir-là.

– Pas du tout.

– Il nous a raconté que vous étiez mal à l'aise et de mauvaise humeur, que vous ne vouliez pas rester dîner après l'exposition. Et que vous étiez contrarié parce que M. de Gazeau avait remarqué que votre femme avait changé de coiffure, et que vous, vous ne l'aviez pas remarqué, ce qui a donné lieu à un échange tendu entre votre femme et vous.

– Mais il vous raconte vraiment toute sa vie, celui-là. Ce n'est pas croyable.

– Monsieur Lechevallier, il a été constaté sur le corps retrouvé sans vie de votre épouse qu'une partie de sa chevelure avait été coupée. Non pas par un coiffeur, pas non plus arrachée, mais coupée net, par poignées, avec ce que nous pensons être un couteau de cuisine. Ses mèches de cheveux ont été retrouvées éparpillées partout dans votre appartement commun.

René Char

Où était Vive ? Où était-elle, sa putain de femme ? Étienne s'avisa de l'heure, il était plus de trois heures du matin – il était resté des lustres à faire la planche dans le bassin du parc de Bercy pour regarder la lune, il plongeait sous l'eau quand un passant noctambule se faisait entendre, et il reprenait sa station horizontale, flottant comme dans un rêve, les pans de sa chemise délogée du pantalon et gonflée d'eau lui effleuraient les flancs comme la caresse au toucher prudent d'une main consolante, il avait convoqué les spectres du « Colloque sentimental » de Paul Verlaine,

– Ton cœur bat-il toujours à mon seul nom ?
Toujours vois-tu mon âme en rêve ? – Non.

Étienne sentit la panique affluer, comme une blessure vivace et létale, il fit le tour de l'appartement, trois pièces c'était vite vu, il recommença ; personne.

Alors il arracha la couette du lit, balaya de la main les oreillers, il ouvrit les placards à en dégonder les portes, comme si Vive, ou son esprit, avait pu s'y dissimuler. Il avait tout imaginé, sauf l'hypothèse qu'elle ne soit pas là. Il prit conscience que d'ignorer totalement où sa femme se trouvait, a fortiori en pleine nuit, était un cas inédit.

Insoutenable.

C'était lui qui aurait dû rentrer après, et elle, l'attendre. C'était comme ça que cela aurait dû se passer. Il recommença à appeler son téléphone, en répétant son geste encore et encore, en lunatique. Vous êtes bien sur le répondeur de Vive Jonquier. Vous êtes bien sur le répondeur de Vive Jonquier. Il vérifia dans leur penderie qu'il ne manquait aucun de ses vêtements, dans le placard il compta et recompta ses paires de chaussures, il alla vérifier les brosses à dents dans la salle de bain ; rien n'avait bougé. Elle n'était pas repassée chez eux après la débâcle de la fête, elle n'avait pas fait de valise, elle ne s'était pas enfuie. Il hésita à appeler les amis de Vive, mais la honte et l'embarras l'en dissuadèrent, c'était le milieu de la nuit, qu'allaient penser les gens ? Il vit posé sur la table basse le catalogue de l'exposition de Sigmar Polke, ce qui fit monter le long de son estomac une étreinte d'épouvante, cette soirée avec Vive et Vincent lui semblait à présent très ancienne, hors d'atteinte ; tout allait bien lundi dernier, il avait travaillé à son Projet au Petit Brazil, il se réjouissait d'aller écouter Mahler le lendemain, il n'avait pas encore eu son rendez-vous avec Katia Rollman : il aurait aimé retourner dans cette journée de lundi, tout recommencer, autrement, il se remémorait les détails de son dîner avec Vive et Vincent, ce qu'ils s'étaient raconté tous les trois. Étienne n'avait pas beaucoup parlé au restaurant, il les avait laissés mener la discussion. Ils avaient évoqué l'été qui arrivait, Vincent pérorait sur son intention d'aller aux Rencontres de la photographie d'Arles, et Vive avait fait cette réflexion sur l'Italie qui l'avait mis, lui, en colère ; était-ce avant ou après cette absurde dispute sur sa nouvelle coupe de cheveux ? Avec l'alcool, l'esprit d'Étienne et sa mémoire étaient ankylosés, ses souvenirs brumeux le frustraient, il désirait se repasser tous les points dans le bon ordre. Il se concentra et reprit le fil de cette soirée : il avait rejoint Vive directement là-bas, elle y était déjà avec Vincent, il était aux alentours de dix-neuf heures quarante-cinq ;

Étienne, toujours debout à l'entrée de son salon, ne bougeait plus et convoquait les images derrière ses yeux, les images et les sons. Vive, Vincent et lui lundi soir. Soudain ses mâchoires se serrèrent et son cœur s'accéléra, il sut !

Il sut ce qui l'avait troublé, et qui était resté dissimulé, palpitant à la lisière de sa conscience, ce qui le turlupinait depuis deux jours : quand Vincent leur avait parlé de ses projets de vacances à Arles, Vive lui avait répondu qu'*elle n'y était jamais allée*, elle, aux

Rencontres de la photographie, et Vincent lui avait répondu en substance : *Tu adorerais, c'est génial.*

Comment ça, elle n'y était jamais allée ?! Comment ça ?! Quand Vive était partie trois ans plus tôt, le quittant comme un malpropre, elle avait disparu vingt-sept jours, sans donner de nouvelles, sans répondre à son téléphone, Étienne l'avait cherchée auprès de leurs amis, de ses frères, il avait failli devenir fou. Elle était réapparue au bout de vingt-sept jours, bronzée, radieuse, l'air rassérénée, mais toujours implacable et distante, toujours prête à repartir. Étienne n'avait fait aucune scène, il n'avait rien exigé, il n'avait montré aucune colère, il s'était mis à ses pieds, il l'avait implorée de leur donner une autre chance, il avait reconnu sans hésitation tous les torts qu'elle lui imputait, il avait promis, TOUT, il avait tout promis, et encore plus si elle l'exigeait, au-delà de son corps et de sa propre mort, du moment qu'elle restait, parce qu'elle était son monde.

Elle avait accepté, et leur vie avait repris, Vive et Étienne s'étaient à nouveau glissés doucement, avec chaleur, dans leurs racines déjà anciennes.

Et un jour, longtemps après, quand Étienne avait été moins terrorisé à chaque seconde qu'elle ne décampe sans prévenir, il avait osé lui demander : OÙ était-elle donc partie pendant ces vingt-sept jours où il avait perdu sept kilos à la rechercher ? Et Vive avait eu cette réponse qui remontait à la surface maintenant qu'il était seul chez lui et qu'elle avait encore disparu, elle lui avait répondu : *Je suis partie à Arles.*

Pendant tout ce temps, tu étais à Arles ? lui avait demandé Étienne avec insistance.

Oui, avait-elle répondu.

Mais tu étais seule à Arles ? avait osé Étienne.

Oui, bien sûr. J'avais besoin d'être seule, de savoir où j'en étais. J'en ai profité pour découvrir les Rencontres de la photo, pour me plonger dans les expositions, me vider la tête, avait-elle répondu sans ciller.

Quand on était allé presque un mois dans une ville pour visiter une manifestation artistique, ON NE L'OUBLIAIT PAS !

Alors comme ça, elle lui avait menti trois ans plus tôt, elle avait inventé une histoire plausible pour se débarrasser de sa curiosité. Elle lui avait même apporté beaucoup de précisions sur les expos auxquelles elle s'était rendue, tout lui revenait maintenant, comment avait-il pu l'oublier ? Elle avait commenté avec un aplomb remarquable une exposition de photos de la peintre Frida Kahlo prises par Lucienne Bloch. Et Étienne lui avait demandé pourquoi elle n'avait pas acheté le catalogue – ce qui était son habitude. Elle avait répondu (tout revenait à Étienne avec une netteté chirurgicale) qu'il n'y en avait plus, de catalogue. Qu'il était épuisé. Ha ha ha ! Quel génie machiavélique ! Quelle petite menteuse vicieuse. Et cette CONNE avait effacé de sa mémoire son propre mensonge, elle avait oublié son alibi factice. Elle s'était trahie en parlant avec Vincent : *Oh non, je n'y suis jamais allée, ça doit être super*. Salope ! Mais alors OÙ était-elle trois ans plus tôt quand elle avait disparu ? Et avec QUI ? Étienne était transi de froid maintenant, ses vêtements mouillés, son errance en bras de chemise, il aurait dû prendre une douche très chaude, avaler une aspirine, boire un litre d'eau, se coucher, sombrer, oublier, ne penser à rien, mais au lieu de cela,

le sang lui battant aux tempes,

sale pute

sale menteuse,

au lieu de cela – se coucher, sombrer, oublier –, Étienne Lechevallier se mit à fouiller.

Demain est un autre jour, mon cul, demain n'existe plus.

Il ouvrit ses sacs à main, retourna ses poches de manteaux, il ne savait absolument pas ce qu'il cherchait, mais il cherchait, dans ses boîtes, ses tiroirs, il était en quête de signes, il creusa dans sa lingerie, entre ses pulls, dans leurs papiers administratifs, derrière les meubles, dans ses classeurs de photos, dans le tiroir de la salle de bain où elle rangeait ses Tampax et leurs préservatifs, il sortit son carton empli de sa collection d'appareils photo jetables, planqué et prenant la poussière en haut de leur armoire, et en renversa le contenu sur le sol, il shoota dedans, il compulsa les livres de sa bibliothèque dans le couloir, un livre, un autre, celui d'après, il les feuilletait, regardait derrière, les envoyait valdinguer, se mit à arracher des pages au hasard,

puis il renversa toute la bibliothèque d'un coup, qui éclata sur les lattes de parquet.

Un bruit de bâton qui tape, furieux, se fit entendre au sol, probablement le voisin du dessous qui avait sorti le balai, M. Raval, un type toujours fatigué qui prenait des notes comme un putain de greffier dans les réunions de copropriétaires, et Étienne lui hurla de toutes ses forces :

– Va chier !

Il se mit alors torse nu, il avait chaud, tout ce remue-ménage, nécessaire nettoyage des écuries d'Augias, lui chauffait le sang et le faisait transpirer. Où en était-il ? Il se fraya un chemin à coups de pied dans les livres d'art de sa femme éparpillés sur le sol, il souleva les bibelots, un par un, décrocha les cadres du mur, décolla leur dos pour vérifier, encore vérifier, *faire la vérité*, confronter la réalité avec la preuve de son exactitude, il avisa son propre bureau au fond du salon, derrière son paravent, son territoire exclusif, mais ne serait-ce pas une parfaite ruse de l'ennemi de cacher le magot à un endroit qui ne lui appartenait pas ? Il ouvrit les tiroirs emplis de stylos, post-it, carnets, fiches bristol, il vida tout sur le sol ; les tiroirs mis à nu, il les désencastra de leurs rails pour les retourner, les tâter, puis les abandonna sur le tapis en une sculpture caldérienne, il enfouit ses mains dans la terre des plantes pour la creuser,

il eut soif soudain ; en ouvrant le frigo, il trouva des bières en bouteille, achat de Vive, toute une armée de bouteilles, il en décapsula une et but d'un long trait, en décapsula une autre, la cuisine était encore intacte, elle qui regorgeait de placards petits et grands, de boîtes, de panières, de tiroirs à visiter, il se mit à l'œuvre,

d'éventrer toute son existence.

Ce fut sur l'étagère au-dessus du plan de travail de la cuisine, où étaient rangés des livres de recettes et des guides de voyage sur l'Italie, qu'Étienne enfin trouva, entre un livre consacré aux tajines et un guide sur *Les Lieux insolites de Rome*, un simple carnet qu'il ne connaissait pas.

Un cahier banal d'écolier où Vive avait noté sur la couverture : *Idées*. Une excitation lui vint, celle de l'intuition d'y être enfin parvenu, au fameux carrefour, il entrevoyait Charon de l'autre côté du Styx. Les premières pages dressaient des mots épars, des listes de couleurs, de pays, de références d'objectifs d'appareil photo, sans aucun intérêt manifeste, puis quelques pages étaient restées blanches, son excitation retomba, la déception poignait, il tournait les pages, les froissant dans sa fièvre ; vers le milieu du carnet, sur une page choisie semblait-il au hasard, Vive avait recopié une citation de René Char au stylo-plume, avec l'application d'une étudiante en lettres modernes portant un grand manteau noir, un air blasé que l'on n'arbore qu'à vingt ans, et un décolleté qui s'ignore :

Je ne puis être et ne veux vivre que dans l'espace et dans la liberté de mon amour. Nous ne sommes pas ensemble le produit d'une capitulation, ni le motif d'une servitude plus déprimante encore. Aussi menons-nous malicieusement l'un contre l'autre une guérilla sans reproche.

En dessous, elle avait collé une carte postale en noir et blanc représentant un paquebot transatlantique du début du XXe siècle.

Et puis plus rien.

Étienne regarda par la fenêtre la nuit dehors qui s'éclaircissait, par lambeaux rouges humides, d'une timide lumière. Le point du jour, *inter canem et lupum*, où l'on ne peut encore distinguer la chienne de la louve. Il allait balancer le carnet sur le sol où s'amoncelaient déjà des couverts, des torchons, des dessous-de-plat, des boîtes de riz, de pâtes, de sauce tomate, qu'il avait déversés dans ses explorations, quand il distingua un ticket, glissé dans le carnet comme un marque-page, auquel il n'avait d'abord pas prêté attention.

C'était un billet de concert,

un billet de concert qui annonçait en lettres majuscules BENJAMIN BIOLAY À L'OLYMPIA. Un billet de première catégorie à 59 euros pour un concert qui avait eu lieu le 6 juin, soit deux jours auparavant.

Mardi 6 juin, pour être précis.

Mardi, le soir de Gustav Mahler.

Il aperçut, sur le comptoir qui séparait la cuisine de leur salon, une bouteille de vin rouge presque pleine, que Vive avait dû déboucher la veille ou l'avant-veille, qui semblait le regarder, lui, Étienne Lechevallier, avec des yeux tristes, il la prit, et, assis en tailleur sur le carrelage froid de la cuisine, se rinça la bouche et le crâne avec, adossé contre le placard qui contenait, bien rangés, les produits ménagers et les pastilles 3-en-1 pour le lave-vaisselle.

Vendredi, 23 h 40,
Brigade criminelle,
36, rue du Bastion.

– Qu'est-ce que vous avez fait brûler dans l'évier de votre cuisine ?

– Rien.

– Nous avons retrouvé des traces de combustion de papier dans l'évier de votre cuisine.

– Ce n'est pas moi. C'est quelqu'un d'autre. C'est peut-être Vive qui a brûlé des papiers quand elle est rentrée chez nous. C'est peut-être elle qui a tout cassé.

– Encore une fois, monsieur Lechevallier, vous nous avez indiqué être resté dans votre appartement toute la journée du jeudi.

– Je me suis trompé.

– Pouvez-vous nous expliquer ?

– En fait, ce n'est pas que je me suis trompé, mais vous ne m'aviez pas demandé de tout circonstancier : je me suis absenté dans la journée du jeudi. Je ne suis effectivement pas allé aux éditions de l'Instant fou, mais je suis parti réfléchir dans un café où je vais souvent : Le Petit Brazil.

– Vers quelle heure ?
– En début d'après-midi.
– Pendant combien de temps ?
– Longtemps.
– Donc, si nous demandons aux gens qui travaillent dans ce café de confirmer que vous y étiez présent plusieurs heures durant l'après-midi du jeudi, ils vont nous le confirmer ?
– Pas forcément.
– Pourquoi ça ?
– Le serveur qui travaille l'après-midi là-bas, il ne me reconnaît jamais !
– Comment le savez-vous ?
– Parce que c'est blessant, il me traite systématiquement comme un inconnu, alors que je m'y rends depuis des mois, il ne fait aucun effort de politesse et me regarde toujours comme s'il me découvrait. Alors la dernière fois, je me suis dit que peut-être il n'était pas arrogant mais qu'il ne me reconnaissait vraiment pas. Je n'ai pas un physique qui accroche. Contrairement à vous, par exemple.
– Je vous demande pardon ?
– Non, mais je dis ça dans le bon sens du terme.
– D'accord. Nous allons quand même leur demander de confirmer votre présence. Et ensuite ? Qu'avez-vous fait ?
– Vive, ma femme, elle m'en a toujours voulu de

ne pas la prendre en photo. C'est étrange, non ? Vous ne pensez pas ?

– Qu'est-ce qui est étrange, Étienne ?

– Qu'elle m'en veuille pour ça. Il est entendu qu'elle est photographe. Alors elle est toujours à prendre tout et n'importe quoi en photo. Avec son téléphone, mais aussi avec un petit Canon ancien à pellicule qu'elle balade partout, et elle traîne également un jetable dans son sac. C'est sa marque de fabrique. Vous savez à quel point il est difficile de trouver des appareils photo jetables aujourd'hui ? Un sacerdoce. On n'en produit presque plus du tout. Mais c'était son idée fixe. Son grand projet à elle, une vie de photos jetables jamais développées. Dans tout ce fatras, on ne pouvait pas faire le tri entre le bon grain et l'ivraie. Il y avait un local assez grand à vendre dans notre immeuble il y a quelques années. Presque vingt mètres carrés. Vive voulait qu'on l'achète, elle rêvait d'en faire sa chambre noire. On a essayé de contracter un prêt, mais on n'avait pas les moyens. C'est le magasin de lingerie en face qui l'a emporté pour finir. Ils en ont fait un endroit de stockage. Un cagibi pour petites culottes.

– Et donc votre femme vous reprochait de ne pas la prendre en photo ?

– Oui, c'était un motif obsessionnel chez elle. Elle me tendait son appareil pour que je la prenne. Elle me disait : « J'ai l'impression d'être un fantôme, je n'existe jamais sur les photos, je vais disparaître sans laisser de traces. »

– Et vous le faisiez ?

– Oui, quand elle me le demandait. Mais elle n'était pas satisfaite, parce que le résultat n'était pas naturel, elle posait dessus, même inconsciemment. Ce qu'elle aurait voulu, c'est que je la prenne de ma propre initiative, sans qu'elle s'y attende, sans qu'elle s'en aperçoive. Elle aurait voulu pouvoir voler quelque chose d'elle à quoi elle n'avait pas accès.

– C'est-à-dire ?

– Je ne sais pas. Mon regard sur elle, peut-être.

– Est-ce que vous avez pris votre femme en photo dans la journée du jeudi, monsieur Lechevallier, de votre propre chef, sans qu'elle ait pu vous le demander ?

Les bougies blanches et dorées

Benjamin Biolay, sérieusement ?

Benjamin Biolay ?! Il n'avait jamais écouté la musique de ce type, mais Étienne ne vivait pas dans une grotte, il en avait entendu parler.

Qui écoutait Benjamin Biolay ? Pas Vive en tout cas, jamais avec lui, jamais devant lui, jamais pour lui, elle n'avait pas de CD de Benjamin Biolay, elle n'avait même jamais mentionné son nom, mais elle n'avait que peu de CD, contrairement à lui, préférant écouter sa musique sur des plateformes de streaming, le supermarché de l'oreille, où l'on zappait d'un morceau à un autre, on bouffait la musique sans construction, sans composition, sans sacrifice, sans histoire, sans douleur. On bâfrait à se faire saigner les tympans. Étienne s'empressa d'aller regarder sur l'étagère où étaient rangés les CD, afin de scruter les quelques survivants de jeunesse qui appartenaient à sa femme, voir si se cachait parmi eux un putain d'album de Benjamin Biolay.

Il se saisissait de chaque boîtier, regardait chaque pochette puis, après examen, les jetait frénétiquement par-dessus son épaule, Aretha Franklin, Billie Holliday, Dave Brubeck, Cyndi Lauper, Led Zeppelin, Prince, Nirvana, que des albums aux boîtiers usés, des goûts sûrs et convenus de pétasse parfaite, qu'elle devait posséder depuis l'adolescence, parce que, elle, contrairement à lui, elle était dans le coup,

rien de récent, rien de suspect, Beatles, Doors, Elvis Presley, Nina Simone, il jetait chacun avec un geste dont la violence allait crescendo, de plus en plus satisfait d'entendre le plastique qui s'entrechoquait au plastique, le plastique qui se fendillait, et les disques qui sautaient de leur boîte pour aller rouler sur le sol ; la vraie question était : avec QUI exactement Vive écoutait-elle Benjamin Biolay ? On ne se rend pas SEULE à un concert, en passant l'action sous silence par-dessus le marché. Étienne ouvrit son ordinateur portable et chercha la musique de Benjamin Biolay, il lança la première chanson que lui proposa l'algorithme, et augmenta le son au maximum.

Il posa la tête sur son bureau entre ses bras. Très doucement. Le cœur en tachycardie. Son dos trempé, avec l'eau lointaine du bassin et maintenant, la sueur,

les carrés et les ronds dessinés au rouge carmin sur ses joues, dont il avait à présent totalement oublié la présence et le sens du geste qui les avait dessinés là, s'il en avait eu un, elle a dû aller au concert avec

Matthieu *avec deux t*, je ne suis pas idiot, je ne suis pas un imbécile.

Tu es une traîtresse ! Tu es une salope ! Dessine un rond sur ta joue, dessine une croix sur ton front,

il se releva avec difficulté, déséquilibré par un vertige, des crampes aux cuisses, aux mollets, son corps essoré par une tension excessive, une contraction de toute la surface de sa peau,

la musique dont le volume était poussé au maximum brouillait sa pensée ; il constata alors que leur salon était encore relativement épargné,

qu'à cela ne tienne,

il s'en fut chercher une autre bière, qu'il but en partie d'une traite, jusqu'à roter comme un bœuf, puis qu'il envoya exploser contre le mur, Vive n'était pas venue écouter Mahler avec lui, elle avait menti, elle avait raconté des fadaises, sciemment, l'œil serein, le sein haut, Mahler, elle avait tué Mahler, sur la musique duquel Étienne l'avait demandée en mariage huit ans plus tôt, il avait hurlé dans la rue ÉPOUSE-MOI, parce qu'elle l'avait exigé de lui, elle avait exigé ça de lui, elle l'avait contraint à cet acte de dérangé sur un trottoir pour l'éprouver, Mahler, elle avait dit *J'ai une réunion importante*, Gustav Mahler, à quelle heure était-elle rentrée mardi soir ? Comment était-elle habillée ? Il ne s'en souvenait plus, Étienne fracassait les lampes, il éventrait à présent les coussins avec des ciseaux, alors il avisa les poteries de Vive, ses saloperies de poteries fabriquées à ses cours de himitsu,

le « secret », en japonais,

pour *exorciser ses oppressions* ;

il prit à deux mains la première poterie à sa portée, posée sur la table basse, une sphère de couleur brique, et sans une seconde d'hésitation, parce que c'était toute la forêt qu'il brûlait enfin, il la brisa au sol,

tombé à genoux, il chercha parmi les débris, qu'avait-elle bien pu fourrer à l'intérieur ? Quel était le méchant petit secret ? Il trouva une clé, une petite clé plate, une bête petite clé banale, impossible de savoir ce qu'elle était censée représenter pour Vive,

la clé de mon cœur, la clé de mon cul,

il partit chercher une autre bière, il y avait encore une bonne dizaine de poteries himitsu dans leur appartement, Étienne allait en faire un bowling. Un strike.

Les unes après les autres, les poteries explosèrent au sol,

les objets beaux et imparfaits patiemment pétris par Vive, émaillés, chéris, s'anéantissaient aux pieds d'Étienne, et à chaque fois, comme un cochon truffier, il fouillait les éclats de terre cuite, se coupait les doigts, le souffle court,

il trouva dans l'un une pièce de monnaie, dans l'autre une monture de lunettes, il découvrit une broche, une figurine d'oiseau, la musique continuait aléatoirement à miauler ses ballades dans un son rendu âpre par la saturation des capacités limitées de l'ordinateur d'Étienne, par la grâce de l'algorithme, une variété française éclectique se déversait en toute liberté,

se déversait à toute blinde maintenant dans son petit appartement, qui avait autrefois appartenu à sa mère, à Dahlia Lechevallier, qui avait un avis sur tout, qui savait tout sur tout, qui ne se remettrait jamais en question, parce qu'elle était morte, et que ce n'était pas grand-chose, la mort, regardée comme ça, sous un certain angle, ça ne changeait rien, ça ne corrigeait rien, il n'y avait ni révélations ni fracas,

ni tambours, ni réparations,

Dahlia, qui s'en fichait bien d'être seule, en femme libre,

et soudain, dans les débris à l'émail éclaté, Étienne Lechevallier vit cette petite chose briller,

Qu'il avait libérée, sans le savoir, de la dernière poterie éclatée où elle avait été claquemurée,

Cette petite chose ronde et lisse,

Qu'il connaissait bien,

Cette petite chose ronde et sans défaut,

Qu'il avait achetée avec beaucoup de précaution,

Quelques années plus tôt,

Ronde, lisse et idéale,

L'alliance de sa femme.

En la voyant, il aurait voulu la mettre dans sa bouche et l'avaler, mais l'avaler pour toujours, la garder prisonnière dans les sucs de son estomac, l'agréger à ses organes, et ne jamais devoir l'expulser de lui avec les excréments sales de sa vie,

à la place, il chercha dans les tiroirs de la cuisine et il trouva ce dont il avait besoin,

les allumettes,

un gros paquet d'allumettes de sûreté, conservées ici, pour allumer des bougies lorsque des gens venaient dîner, que Vive et lui avaient quelque chose à fêter et dressaient une jolie table, parfois aussi Vive les utilisait pour allumer et fumer une cigarette à la fenêtre quand elle ne trouvait pas son briquet ; il se plaignait de l'odeur pour la taquiner, mais ça ne le dérangeait pas au fond, au contraire, un léger parfum de fumée marié à ses excès de Shalimar et une note lointaine et astringente de la fleur d'oranger du savon qu'elle utilisait, c'était Vive, c'était toute sa femme qui s'épandait dans l'atmosphère ;

il lui demandait pourquoi elle n'allait pas sur le balcon, elle répondait qu'elle aimait bien fumer à la fenêtre, être dedans et dehors en même temps, il ne savait pas exactement ce qu'elle entendait par là, parce qu'on ne sait jamais ce que l'autre pense, on passe notre temps à fabriquer des images avec des mots, des images incompréhensibles qui tentent de flotter jusqu'à l'autre et qui se noient, des images qui restent cachées, comme les photographies de Vive qui n'avaient jamais été développées,

Étienne ressentit l'effroi qu'il n'y ait peut-être plus d'occasion où l'on dresse une belle table en disposant en son centre les bougies blanches et dorées.

Dans l'évier de la cuisine, il déposa le cahier *Idées* de sa femme, la plainte de René Char et le transatlantique, le billet de concert de Benjamin Biolay du mardi 6 juin, et une liasse des photos de Vive, une pleine brassée des photos que Vive avait prises avec ses yeux, avec son goût, avec son cœur, qu'il avait jetées au sol plus tôt et qu'il avait ramassées maintenant et rassemblées comme un paquet de feuilles mortes à l'automne, ses photographies, son travail, sa vie, elle, il posa l'alliance au milieu et il y mit le feu. *Je t'ai foutu le feu.* C'est bien le moins pour ce que je ressens.

Pour t'anéantir.

Et il regarda brûler ce bordel de papier glacé, et de signes,

avec une intense satisfaction.

Jean Ferrat

Étienne sursauta d'un coup, à cause du bruit,

il y avait du bruit à la porte de leur appartement, bruit de clé qui tourne, de gâche qui se tire, serrure, il se figea.

La musique hurlait toujours là-bas, c'était *Ma môme* de Jean Ferrat,

qui *joue pas les starlettes*

et *met pas des lunettes de soleil,*

Mais Étienne avait quand même entendu le bruit familier de la serrure de la porte d'entrée dans laquelle la clé tourne, sous la musique, au-delà de la musique, il faisait clair maintenant dehors, chaque parole de Ferrat venait griffer son crâne,

On s'dit toutes les choses qui nous viennent
C'est beau comme du Verlaine, on dirait
On regarde tomber le jour et puis on fait l'amour en secret.

Les pas de Vive dans le couloir, hésitants, la voix de Vive qui dit son prénom, et Vive pénétra, yeux grands ouverts,

écarquillés,
ses yeux bleus,
dans leur salon dévasté.

PROCÈS-VERBAL

L'an deux mille vingt-trois
Le vendredi 9 juin
à six heures trente,

Nous, Souleymane KAROUM
OFFICIER DE POLICE JUDICIAIRE,
Thibault DE BOISSONNIER
OFFICIER DE POLICE JUDICIAIRE,
En fonction à la Brigade criminelle ;

Nous trouvant en service ;
Poursuivant l'enquête de flagrance ;
Vu les articles 53 et suivants du Code de procédure pénale ;

Mentionnons qu'ÉTIENNE LECHEVALLIER nous a remis un carnet qui se trouvait dans sa poche de manteau.

Représentons un carnet en cuir noir avec un rond

rouge en couverture, sur la page de garde est inscrit : « Projet ». Interpellé sur son origine, l'intéressé déclare :

« C'est mon carnet de travail, il est très important. »

Mentionnons que toutes les pages sont blanches, sans exception.

Saisissons et plaçons sous scellés **n° 023 : Le carnet PROJET d'ÉTIENNE LECHEVALLIER.**

Samedi, 1 h 50 du matin.

– Vous avez appelé votre femme, Vive Lechevallier, deux cent cinquante-six fois entre minuit trente-cinq et cinq heures quarante du matin dans la nuit du mercredi au jeudi. Donc, vous ne dormiez pas, monsieur Lechevallier. Pouvez-vous me raconter.

– Je cherchais à la joindre, c'est vrai. J'étais oppressé. Je tombais sur son répondeur. Encore et encore. Alors, je m'inquiétais, j'ai eu du mal à dormir. Ça fait des jours que je ne dors pas.

– Que faisiez-vous, chez vous ?

– Rien. J'essayais de dormir et parfois je l'appelais.

– Et vous déplaciez des meubles et brisiez des objets sur le sol, en attendant ?

– …

– M. de Gazeau nous a certifié que votre femme était partie très tôt de chez lui, vers six heures du matin, dans la volonté de rentrer chez elle.

– Non, elle n'est pas rentrée chez nous. Je ne l'ai

pas vue. Il a menti. Qu'en sait-il ? C'est moi qui sais. C'est MOI qui sais !

– M. de Gazeau vous a vus, votre femme et vous-même, d'abord lundi soir à une exposition de photos du photographe Sigmar Polke, vous avez ensuite dîné tous les trois. Il nous a rapporté que l'ambiance était tendue entre vous, vous vous êtes disputés pour une histoire de coupe de cheveux. Le mardi soir, M. de Gazeau a vu votre femme, ils se sont rendus ensemble à un concert du chanteur Benjamin Biolay à l'Olympia, après ils ont dîné ensemble, ils ont beaucoup discuté, elle lui a dit qu'elle se posait la question d'une rupture avec vous.

– Benjamin Biolay ? Ils étaient à un concert de Benjamin Biolay ensemble ?

– Oui. Mardi soir, votre femme a vu son ami Vincent et s'est rendue à un concert…

– Oui, je le sais. À un concert de Benjamin Biolay. Avec Vincent. À l'Olympia. Je le sais.

– Le mercredi soir, après votre fête professionnelle qui se passait au musée des Arts forains, vous vous êtes disputé avec votre femme, avec Vive, elle est allée passer la nuit chez son ami Vincent de Gazeau, parce qu'elle ne souhaitait pas rester avec vous, elle avait peur de vous, de vos réactions, selon ses dires, ensuite…

– C'est bon. J'ai compris.

– Donc, M. de Gazeau nous a certifié que votre femme était partie très tôt de chez lui le jeudi matin, vers six heures, elle voulait rentrer chez elle, c'est ce qu'elle lui a dit en partant.

– Je ne l'ai pas vue le jeudi matin.

– Vous étiez chez vous monsieur Lechevallier, à six heures du matin jeudi ?

– Oui.

– Le téléphone de votre femme borne à votre adresse à partir de six heures trente du matin, monsieur Lechevallier.

– Ce n'est pas possible.

– L'autopsie révèle que votre femme n'est pas morte dans le laps de temps précédant votre appel aux services de secours à vingt-trois heures trente-sept ce jeudi soir, elle est décédée au minimum quinze heures plus tôt.

– Pourquoi vous me dites ça ?

– Votre femme était morte dès le matin du jeudi, monsieur Lechevallier. Pouvez-vous nous raconter ?

– …

– Elle est morte quand elle est rentrée chez vous, Étienne, n'est-ce pas ? Est-ce que vous voulez bien me raconter ?

– …

– Étienne, nous avons fait développer tous les appareils photo jetables qui se trouvaient éparpillés sur le sol de votre salon. Il y en avait cent dix-sept, des appareils photo.

– …

– Sur un des appareils, il a été révélé des photos du cadavre de votre femme, dans votre cuisine. Voulez-vous nous raconter ?

– …

– Sur ces photos, elle était en position fœtale, défigurée, égorgée, couverte de sang. Elle portait encore son manteau. Voulez-vous me raconter ?

– …

– Que s'est-il passé pendant toute la journée qui a suivi ? Vous êtes resté avec son corps ? Qu'avez-vous fait ? Pourquoi avoir attendu aussi longtemps avant d'appeler de l'aide ? Vous vous sentiez perdu ?

– …

– Votre femme a reçu trente-sept coups de couteau. Dans le torse et dans le visage, ses cheveux ont été coupés. Ses blessures montrent qu'elle a essayé de se défendre. Voulez-vous me raconter, monsieur Lechevallier ?

– Il paraît que même si on ne peut pas les entendre, quand on les coupe ou les arrache, les fleurs aussi crient, vous le saviez ?

– C'est le moment, maintenant, de nous raconter, Étienne.

– Est-ce que je pourrais avoir une cigarette, s'il vous plaît ? Pall Mall, ça ira.

– Bien sûr. Thibault, tu peux allumer sa cigarette ?

Remerciements

Merci à mes amis pour leur relecture, Alice, Claire, Laura, Émilie, Olivier. Sans vous, ce serait le gouffre.

Merci à Daniel Zagury d'avoir écouté mes questions et d'y avoir répondu, et à Simon Bertin pour sa lecture « médicale ».

Merci à Albéric, qui est là avant le début, après la fin, partout, tout le temps.

Merci à la famille Berest-de Gayardon-Chertok.

Merci tout particulier à mon éditrice Véronique Ovaldé, à Anna Pavlowitch, à Gilles Haéri, à Francis Esménard, et à toute l'équipe d'Albin Michel.

Merci, évidemment, aux correctrices de mon texte, Sophie Harinck et Nadia Gontarbert.

DE LA MÊME AUTRICE

Mikado, Léo Scheer, 2011

L'Orchestre vide, Léo Scheer, 2012

La Lutte des classes. Comment j'ai démissionné de l'Éducation nationale, Léo Scheer, 2012

Enfants perdus. Enquête à la brigade des mineurs, Plein Jour, 2014

Bellevue, Stock, 2016

Gabriële, avec Anne Berest, Stock, 2017

Rien n'est noir, Stock, 2019

Artifices, Stock, 2021

Composition : Nord Compo
Impression : CPI Firmin Didot en mai 2023
Éditions Albin Michel
22, rue Huyghens, 75014 Paris
www.albin-michel.fr
ISBN : 978-2-226-47501-5
N° d'édition : 25029/01 - N° d'impression : 175336
Dépôt légal : août 2023
Imprimé en France